AF289381

Renate Höfer

Der Wunsch ist da

Szenenwechsel

Renate Höfer

Der Wunsch ist da

Szenenwechsel

© 2004 Renate Höfer
Herstellung und Verlag: Books on Demand GmbH,
Norderstedt
Satz: Manfred Klein
Umschlaggestaltung: Renate Höfer
Grafiken: Klaus Matthies
ISBN 3-8334-0750-6

Die Deutsche Bibliothek-CIP-Einheitsaufnahme:
Höfer, Renate
Der Wunsch ist da – Szenenwechsel
ISBN 3-8334-0750-6

Am liebsten will sie schreiben, weiß sie beim Eis mit Banane und die Sahne ist warm. Die Jugendfreundin Charlotte sagt, sie höre sie seufzen. Stimmt.

Charlotte weiß es noch. Damals wurde ihr von den Nonnen bei den Ursulinen in den Klostergemäuern ein Teil der Abschlussprüfung erlassen. Ihr und einem anderen Mädchen aus ihrer und Charlottes Stadt. Ihnen beiden wurde sie erlassen, auch deswegen, weil sie sich benommen hatten. Die Bewertung war mit sehr gut – gut ausgefallen.

Kathi hingegen hatte im Unterricht protestiert zum Beispiel gegen die Herabsetzung des „Schlüsselkindes" Leonore. Sie hatte deswegen gestört und auch mit anderem, und sie dachte manchmal anders und anderes und lernte dabei schon mal am Fleiß vorbei.

Charlotte durfte die Kutten der Nonnen mit Efeusud bürsten. Das erfuhr Kathi beim Eis, das hatte sie bis jetzt nicht gewußt. Mit dem Efeu, der am Kloster-Haus wuchs und dort beheimatet war. Schwarz waren sie, schwarzer sollten sie werden und dunkler. Und sie hatte die Tischdecken nicht im Knick geknickt. Hatte sie die Anweisung nicht verstanden? Warum hatte sie sie nicht verstanden? Eigentlich wäre der Knick in der Mitte sinnvoll gewesen.

Heute knickt sie praktisch.

Die Prüfung, meint sie zu Charlotte, war eine disziplinarische Maßnahme. Ein Herr Rektor mit Vorsitz und andere saßen bei ihrem Eintritt bereit und – schmunzelte er? Die Bekleidung des höchsten Amtes der Bundesrepublik wird gefragt.

Kathi weiß: Es ist der Kanzler.

Und dann endlich fertig und marsch und hinaus tippelt die Mädchenreihe, hintereinander und rückwärts sollte es gehen. Diese Anordnung war gegeben. Doch hinten im Kopf hat niemand Augen. Aber das wurde nicht geprüft.

Kathi sagt's der Mutter. Mit dem Kopf durch die Wand wolle sie immer, weiß die Mutter. Nein – das will sie nicht. Nur mit dem Kopf in Laufrichtung will sie, dort findet sich der Weg.

Ist doch verständlich und einsehbar und – sichtbar sogar. Gehorsam wird geprüft.

Kathi geht den Weg, sie dreht sich. Vom Schwarm verfolgt in Efeuschwarz. Guck hin, schau her, das satte Schwarz selbst rennt mit dem Kopf nach vorn. Zingelt Kathi ein. Vom Gipfel ihrer Leistung ist die Rede. Und falsch war auch die Wahl des Kanzlers.

Gehorsam tappt rückwärts. Eine sinnliche Erfahrung in Verbindung von Geist und Körper würde es werden für die Schülerinnen. Eine 'nützliche' für's Leben.

Rückwärts war der Gang, langsam tastend im Schritt, fühlend – stolpernd ein bisschen vielleicht. Denn das Licht kommt von vorn. Justitia ist blind – warum nicht auch andere? Oder hat sie doch Rechte? Da müssen Sie genau hinsehen.

Der aufrechte Gang eilt Neunzehnhundertachtundsechzig über Feld und Flur. Vorm Berg verweilt er. Schaut über die Spitze und lehnt sich an.

Charlotte meint im Sommer: Ja, zu dritt. Mit dir, mir und dem anderen Mädchen, ich meine, zu dritt hätten wir den Laden schon aufgemischt. Damals wären sie nur zu zweit gewesen – ein Jahr früher vor Kathis Zeit. Und fanden es

lustig dort, absurd und auch makaber, manchmal.

Aber, wäre es gelaufen mit: zwei und der
einen – oder – mit der einen und den zweien?
Obwohl, zwei sind doch auch mehr – es sind
eine Frau und noch eine Frau. In der Menge
lässt sich's scheinbar, so wird gedacht, doch
auch da wird es selten gemacht, leichter rufen.
Und im Blick zurück sowieso.

Für kurze Zeit will Kathi danach fragen. Doch
wie heißt sie, die Frage zum Problem? Welche
Worte und welche Töne stehen zur Wahl? Vorbei ist die Zeit und auch zu weit entfernt liegt
der Weg vom Ort. Kein Tumult wird riskiert.

Zu dritt wäre schon gut gewesen. Aber beide
wurden wegen einer Eins von der Überprüfung
befreit. Und war es eine Drei für Kathi – damals?
Eine Eins war es jedenfalls nicht. Vermutlich
kam es zu keinen zähen Verhandlungen hinter
verschlossenen Türen um ein sehr gut. Auch auf
eine Zwei ist es nicht bei Einigung gekommen.

Die „Drei" mit ihren Kombinationen, die jetzt
im Bündnis vielversprechend wirkt – vor Jahr-
zehnten wurde sie zur Betragensnot. Sie selbst
hingegen fand, 'gut' aufgemerkt zu haben. Mach
jetzt draus eine Tugend – aber damals ging's um
Jugend. Hier in des Sommers Kühle trägt der

Gedanke nicht. Kathi nicht und Charlotte späht.

Der Jugendfreundin Entscheidung, Folge zu leisten, war sicherlich bereits bei Eintritt ins Klostergebäude gefallen gewesen, eine Entscheidung zur Wende musste sich somit nicht erst klären. Kein Bedarf – sie war nicht in Nöten. Jedoch, in Nöten kann sie doch gewesen sein – das verbindet beide jetzt. Wir drei hätten zu dritt den Eintritt bekommen? Zutritt zum Respekt?

Charlottes Mutter konnte Nöte lindern. Sie erklärte eine Frau im Besitz eines Hutes zur Dame. Unvergessliche Einsichten für Kathi, denn beide Mütter hatten Hüte. Sie trugen sie. Unsre Mütter. Damen. Meine. Warum nicht. Kathis Mutter setzt den Hut nur sonntags auf. Ging sie dann als Dame mit Familie aus?

Stabil war sie als Frau der Woche.

Charlottes Mutter hatte einen Gong, der zum Essen rief. Und der Vater hinter der Tür eines Arbeitszimmers – dunkel war es – trat dann aus von dort und ein in Räume anderer Genüsse. Brüder kamen hervor aus Zimmern. Charlotte war zugegen. Alle gingen leicht, alles ging leis', in Charlottes Haus. Flüsternd wanden sich eingeknickte Sätze hin zu Bescheiden. Nachrichten nahmen hauchend die Notiz zur Kenntnis.

Du kämpfst immer, sagt Charlotte. Ja. Es geschieht viel Unrecht, es gibt viel Leid. Du kämpfst immer weiter, sagt sie. Ja. Und Du, Du sagst nix. Jetzt gerade, wo ich davon erzähle. Im Moment, wo ich davon berichte. Du erfährst es gerade. Außerdem weißt Du es.

Inhalte, sind sie überflüssig, weil sie bei jeder Temperatur in den Überfluss fließen? Der Fluss ist voll vielleicht. Es gibt ein Ufer und dann werden Wiesen und Weiden überschwemmt und dann gibt es die Katastrophe. Amen könnte es jetzt heißen. An der Oder war die Katastrophe. Viel Leid, viel Hoffnung, viel Hilfe und Dank und dann auch Neid – ein Jahr später. Denn das Geld lässt sich schlecht teilen, so die Nachricht.

Menschen erleben und machen Katastrophen, sie holen den Fluss aus dem Bett, das Wasser wird gequält. Schön gerade soll es und auch alles weitere fließen. Die Windungen stören. Nicht das Wasser im Fluss. Auch hier ist es der Inhalt, der gebügelt wird. Er zischt dabei.

Warum ist es eigentlich Herbst statt Sommer im Juli? Wärme täte gut. Auch dem Eis. Zum Trost gibt es Sahne dazu und gemeinsam taut es im Mund. Das ist angenehm.

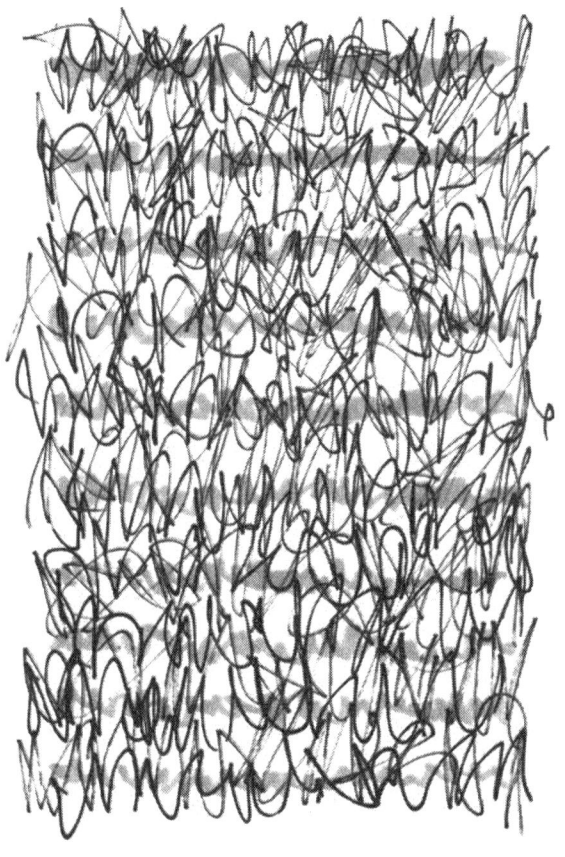

Fliegende Beiträge und andere mit Geschichte.

Aus Gründen des Mangels an Platz wird sie vor ein paar Wochen ausgesperrt. Rausgeworfen ist Dein Beitrag, sagt die Filmemacherin. So nennt sie es am Telefon: Die Branche spricht. Es flog ein Beitrag raus. Wer flog denn da? Gedanken vom Menschen, von Kathi gedacht, entwickelt, verworfen, erneuert, ermessen. Aspekte. Geworfen, geflogen und hart aufgeschlagen.

Gelebtes wird hörbar im Gedanken, fühlbar hin und wieder. Der Ausdruck ihrer Ansicht musste fliegen. Wieder einmal. Wieder einmal ist sie geflogen von ihrem Standort, hinein ins Nichts. Es gab nicht mehr die Chance des Wenden des Kopfes. Die Chance war vertan schon längst zuvor. Denn eine Frage war es gewesen, die entschied. Zur Wahl hinein ins Medium, wie ebenso die Wahl fürs Aus, schließlich und endlich.

Couragierte Vertreterinnen saßen zuvor im Raum in München nebeneinander und im Kreis, Kathi sitzt am Pult. Eine Frau ist Elisabeth. Beide sehen sich. Finden einen Platz neben sich und sprechen sich, sie hören sich zu. Elisabeth macht Urlaub vom Wohnort auf der Insel, Kathi liest. Soweit sosehrgut. Gut ist es dort in Bayern.

Denn beim Vortrag ist es wie immer. Engagement auf beiden Seiten: Gesagtes – Gemeintes – Gespräch. Missverständnisse im Vorfeld sind dahin, eine Stressbegrüßung entstresst sich dann. Eine außerordentliche Lustigkeit im Restaurant mit viel Lust auf Laune schließt sich an.

Im Stimmungshoch hat Kathi den Namen des Hotels vergessen und natürlich die Adresse auch. Kein Witz, denn der kennt Grenzen. Lachen lehnt sich an beim Lachen, es ist bereit, in Wellen zu tosen. Dann doch. Der Name stellt sich wieder ein. Nach einer Stunde. Etwa.

Alle hören ihn, viele kennen die Straße, kennen das Hotel. Auch Elisabeth. Der Spaß hält an. Und der Griff nach Utopien in einer komplizierten Welt lässt Heimweh aufkommen nach Freude um ihretwillen. Heiterkeit in Münchens Straße schließt sich an, Winke folgen.

Für eine Sendung später im September kommt ein Anruf ins Hotel, am morgen danach, in der Früh. Von Elisabeth aus München zur FilmFrauFreundin in der Mainstadt war eine Referenz gegangen. Und sofort zurück nach Bayern – ins Hotel mit Namen – eilt der Ruf der Frau vom Film, zu Kathi hin.

Bei guter Stimmung folgen lebhafte Telefonate Tage später über fünf, sechs, sieben und mehr Wochen. Stürmisch sind sie gar ein wenig. Dass wir uns nicht schon früher kennengelernt haben, rätselt die Frau vom Main. Die Frau vom Norden ist entzückt und praktisch ist ihr Beschluss: wir kennen uns schon längst. Eine schöne Geschichte.

Und Charlotte spricht allein vom Kampf der Kathi.

Zum kühlen Sommer hin endet die Hitze des Gefühls. Denn rausgeflogen ist dein Beitrag, der Sender hat entschieden, heißt es.

Kathi richtet das Wort an Zugelassene in Alphabetenreihe, an die Jubilarin selbstverständlich auch. Die FilmFrau wird bedacht. Denn um des lieben Friedens Willen will jetzt kein Zorn in einer Lade reglos liegen. Weil „Jedes Wort, auch das widersprüchlichste", verbinden soll, wie Thomas Mann befindet, hört die Abteilung ’Ruhestörung’ die Signale. Dort wird gewusst, dass vieles nicht Gesagte, dass Empfindungen durch Verletztheit, Trauer, Wut im Kopf verbleiben. Ja, auch die Lippe fließt mal über und gebündelt sucht es sich seinen Adressaten.

Aber oft schwirrt es erst nur, dann rauscht es kopfüber in die Hand und kräftig tropft es danach und fällt von dort auf leere weiße Seiten.

Mit Heruntergemachtem füllen sich die Bogen. Pläne phantasieren sich zur Heldin, zum Helden. Genüsse duften. Wo immer Aktionen begraben sind, wir buddeln sie aus. Flügel wippen und fächeln Luft nach oben. Dort wird sie dünn, die Wärme nimmt zu, kein Regen ist in Sicht. Alsdann der Flug mit einem Flügel. Der strengt an. Das Wagnis jetzt heißt Sprung. Damit niemand was erfahren muss, stürzt er ab, abends der Tag.

Griffbereit jubelt Missgriff und weist den Weg. Er öffnet in Kammern von Häusern Türen von Kommoden.

So gesehen bei Romy Schneider, die Zahlreiches – Worte und Sätze – für Herrn Heinrich Böll, auf Seiten in eignem Verwahr verbleiben lässt. Viel Wut – wenig Mut. Ermutigt im Rückblick von Verwandtschaft, zählt aber deren Blick zurück nicht als eine Tat. Denn eine Unterstützung stünde zu Gebot, dann, wenn der Gedanke sich formt, wenn der Schritt erfolgen, die Hand handeln will, dann, wenn Zittern bebt. Denn in Sorge ist die Denkerin. Der Ruf geht dahin, heißt es. Verwarnte bleiben zurück.

Nach Versendung von Not setzt Kathi Flower auf Papier: Das war keine gute Nachricht am Freitag, spät zum Samstag hin.

Eine Erschöpfung einen Tag vorm Urlaub, sie ist bereits groß, und sie wird heftig. Wie erholen mit dem Berg auf der Seele und dem Voll im Körper, dem Gipfel im Kopf.

Rausgeflogen, ist dein Beitrag aus dem Beitrag, sagt die Filmemacherin. Weggewischt aus den Sinnen, vor den Augen, also Sinnen-Los. Der Schmerz des Rausfliegens aus dem Raum, hinein in die Weite – unsere Sehnsucht liegt nicht im Fliegen aus dem daraus. Immer wieder, immer wieder ausgeschieden.

Morgen erst fliegt sie dahin. In den Süden.

Weitermachen, sagt die Filmfrau. Nein – innehalten, liebe Filmfrau, sollten wir erstmal. Kein Protest von Dir? Der Sender hat entschieden. Ja, und wo ist Dein Wort? Du hattest eine Wahl getroffen. Weitermachen heißt es am anderen Ende.

Wie weitermachen, wo die Kraft hernehmen? Auch die Luft verbraucht sich. Wir gehen dahin und daher und stehen. Wenn Du den Beitrag siehst, sagt die Frau vom Main. Den Beitrag siehst? Wo ist mein Beitrag? Im Besitz mit Sitz im Funkhaus. Eingesperrt. Meiner war gemeint als einer – hinaus aus dem Haus. Als Bild wollte sie sich spiegeln. So, wie andere auch.

Gestern am Bahnsteig.

Blicke testen sich – sie haften nicht. Kathi geht drauf zu, auf die Frau und die Frau und auf die gelbe Rose. Beide Frauen wenden sich nach links und fragen nach – nach Kompetenz – eine Frau in dunkelblau. Kathis Frage ist banal. Wollen wir gemeinsam gehen? Prima, na klar, wunderbar.

Wird sie eine zweite Frage stellen? Eine Antwort wird es nicht geben, denn eine gedachte Frage haftet auf der Lippe.

Heute Leipzig.

Ein Vortrag – eine Lesung – dann die Diskussion: Aus der Geschichte der Psychologie. Gehalten im Haus der Demokratie.

Fühlbare Spuren vom Herbstgestöber im Dachgeschoss bei MONAliesA, wo weiblicher Geist gebannt ist im Regal. Nebeneinander. Ohne Hierarchie. Eine verzauberte Hoffnung.

NeunzehnHundert-Neunundachtzig weckt dieser Tage Erinnerungen. Sie holen sich Bilder, und sie wollen Sprache. Allein auf dem Weg der Spuren gibt es allein Gespräche in Gedanken. Oder aber spricht die Sprache mit Gedanken?

Dann, wenn Ich rede mit dem Ich, wenn Ich mit ihm denke, mit ihm fühle. Entscheidet dann das Ich oder entscheidet dann das Ich als Du den Weg, das Ziel?

Die Gedanken sind frei, frohlockt Fallersleben. Kein Mensch kann sie erraten, und dann ist von Gewalt die Rede und wieder von der Freiheit.

Auf der Straße fragt Kathi zwei Frauen nach dem Weg, und sie reden miteinander, auch von damals und von gewonnener Freiheit. Von der Möglichkeit der Äußerung der Gedanken jetzt in Freiheit ist die Rede.

Unvorstellbar, was sie hört. Im Westen gab's das nicht.

Ob das Ich ein Du bildet, es sich vom Ich als Du ein Bild macht oder ob verzichtet wurde auf derlei Überlegungen?

Stunden später sitzen in Auerbachs Keller Menschen, auch und besonders die, die den Geist des Dichters suchen. Auch Kathi sitzt. Alleinsein zwingt zum Schweigen. Taten, Hergang – alles Wahrheiten mit Gerüchten und Geflüster.

Eine nächste Station.

Wieder ein Vortrag. Es ist wie immer. Dann die Diskussion.

Antisemitische Äußerungen Jungs werden von einer jungen Theologin aufgezählt, die 'antisemitischen' Äußerungen der Referentin werden gerügt. Ein Vorwurf geht an sie: 'Juden haben keine Kirchen, sie gehen in die Synagoge'.

Antisemitische Äußerungen.

Ein Missverständnis, das sich klärt. Nie gedacht, nie gesagt. Auch eine Religion, klagt die Theologin Kathi an, haben Juden nicht.

Antisemitische Äußerungen.

Im Dunst der Klagen, einer solchen Anklage, verschwimmen in Sekunden Mord und Todschlag des Regimes.

Ein Schweigen im Raum. Keine Ermahnung der Rügenden, doch auch kein Sammeln von Frierenden. Auch kein weiterer Wurf erfolgt.

Eine Anregung der Kirchenfrau ist es, ein Forschen zur Sache sollte von Interesse sein. Der Vorschlag der Referentin, der Vorschlag der Kritikerin möge enden in einer, in deren Promotion zu dieser Sache, er lässt sie harren. Einen Moment noch und dann noch einen. Summen von Gefühlen scheinen unterwegs zur Prüfung im Kopf. Motive werden im Bündel geschnürt. Nein, nicht sie selbst sollte es sein, eine Jüdin schwebt ihr vor. Von wohl besser wäre solcherart Wahl, und von am kompetentesten ist die Rede.

Ein Seufzen in der Frau am Pult.

Dann war es wie immer. Sie spricht weiter. Interesse, Überlegungen und Engagement auf beiden Seiten.

Spät abends klemmt es, als sie mit ihrem Arm in den Ärmel ihres Mantels möchte. Sie hilft ihr, weil sie dicht beisteht, weil sie es sieht. Und weil sie möchte.

Ein Buch will sich verlegen.

Über die Jahre halten sich die Stimmen: eine Gestalterin soll sie sein. Stark empfindsam selbst und auch empfindsam gegenüber Menschen. Spannend schreibt sie. Wie ein Kriminalroman, wird allgemein gemeint.

Gespür und Spürsinn als ein Paar.

Am Belag des Bodens wird von ihr gezogen. Der Fall ins Nichts, er wird jedoch gebremst noch auf demselben Blatt, auf der Seite weiter, und auf der nächsten auch. Kathi Flowers Fall hingegen – er endet mit dem Start im Hier und immer wieder Jetzt. Eine Naivität ist ihr nicht ins Gesicht geschrieben.

Aber ja, Fragen danach sind erlaubt, weil sie die Behauptung der Überraschung aufrecht hält. Ahnen kann sie meistens schon, aber dazwischen liegt die Welt.

Wie einem Vertrauen misstrauen, dem sie vertraut. Telefonate, Briefe, Erschöpfung. Ein Buch will sich verlegen. Was wollen Sie und wollten Sie nochmal, wer sind denn Sie, dann war es nicht gemeint wie gesagt.

An einem ersten Ersten die Reise in die Südstadt. Besprechung, Pläne, es ist konkret. Offen wie geheim, soll jedes Manuskript ein erstes oder weiteres Kind, jedenfalls soll's ein Neugeborenes sein. Kathi meint: bei Planung ja. Doch dann, bei Verlegung, Bestimmung und Ernennung, wechselt die Verwandtschaft.

Als Spross der Sippe müssen wir es laufen lehren. Unerbittlich drängt Gerda auf Erfüllung jener Regel. Sie, die mit Kathi einst Bekanntschaft, dann tiefe Freundschaft schloss. Auch sie ist aus der Südstadt, nur ein wenig höher ist die Lage ihres Hauses.

Der Planung Schluss im Südort. Ein Mann vom Flügel der Weisen schreibt das Vorwort. Mächtig in der Szene. Weder verschwistert noch verschwägert mit den Göttern. Kein Klau von Hades, kein Befehl von Zeus. Dennoch ein Mann mit Band zur 'Unterwelt'.

Im Gemenge der Verfolgung der Ziele geriet ein Körnchen in die Mühle, jetzt war es von der Frau nicht gedacht wie gesagt. Ein Wort, eine Notiz fielen vom Tisch.

Knapp war dann die zweite Reise in die Süd- stadt mit Audienz direkt beim Mann im Reich der Riesen. Wer sind Sie, von wo kommen Sie, weshalb und woher können Sie – wo ist Ihr Stamm?

Kathis Kommen aus der Mitte und dem Gang daher über Stufen nach oben und tauchen nach unten, empfehlen dieses Wissen. Doch eine be- legte Vielfalt macht besorgt. Denn im Durst liegt die Würze und bekanntlich auch ein langes Ende.

Wollen wollte er. Die Frau jetzt von der Süd- stadt und das Mädchen von einst hatten im Griff der Geschichte der Mythen den Kern des Granatapfels genommen. Aber Kathi hatte ihn verweigert.

Verzweiflung, Kampf, Verlust. Kein Genuss weit und breit. Adrette Kompromisse und ge- fesselt sein – nein. Auch keinen Teil kann sie bei Verstand in Ketten legen – nie. In Ketten sich legen lassen müssen, nur weil hingestürzt und reingelegt. Das wäre kein freier Wille.

Nichts klärt sich. Unerwünscht ist der Wunsch danach.

Eine Textmutter – eine Verlagsmutter – ein Viertelvater kreisen.

Schwer wird der Gang entlang der kleinen Bäche. Ein kühler Regen tanzt mit leichtrosa Tropfen, denn immer noch und wieder blühen Knospen in der Stadt am Main. Wie oft gehofft. Glück und Verstand will weilen, denn es bahnt sich an ein Start. Und wieder eine Frau vom Main steigt ein. Und noch eine Frau und eine weitere bringen das Werk in Fahrt.

Ein Quietschen ist zu hören. Ermächtigung statt Berechtigung leuchtet auf als Formel. Denn Recht und Macht schlussfolgert nicht ein Recht auf Macht. Unfug scheint, er MachtamRecht vorbei Geschäfte. Wieder zurück auf dem Papier. Zur Orientierung bei der Entscheidung bleibt zu hoffen: Sachverstand als kleinster Nenner. Doch weit gefehlt, denn Verwalter sind die Männer. Ausgestattet mit demselben sind zwei, dann drei. Gewagt geht es dann am Boss vorbei. Der Befragte stellt es vor beim nächsten und dann befragte sich derselbe selbst.

Eines Tages, als Kathi zum Flieder greift, gibt der zweite frei den Weg, sie scheint entführt. Kein Zagen, kein Verdacht. Auch kein Hauch von zweifelhaftem Ruf im Treffer. Kein Rätsel. Eine Lösung ist für sie nicht strittig, weil ein rätselhafter Boden fehlt. Gewinnerinnen schauen zum Selbst und greifen zum Ich. Sie setzt sich auf die bunte Liste, farbig im Ton. Methoden der Mode.

Eine Autorin im Traum.

Ein Geniestreich soll es sein, der Verlag stehe im Dienste eines großen Werkes. Diese Einschätzung und Empfehlung kommt vom Mann, in der Kette von Macht und Ruhm der nächste. Wieder führen Fäden in die Südstadt und zurück. Ein Aufmerken jetzt, dass weder in Köln, in Bonn noch Stuttgart, weder Hamburg, Leipzig, Dresden und Berlin Szenen der Ergründung sich entfalten. Aber dazu gibt es keinen Reim, weder im Wort, auch im Gedanken nicht. Eine Energie ließe sich vermuten.

Fast schmerzlich ein täglich Hoffen und Wünschen und nächtliches Sehnen nach weiteren Sonnensommern. Am Meer, im Meer. Piniennadeln riechen frühmorgens, mittags, abends und spät. Den Flug der Sinne hat sie erlebt, sie hat die Stille gehört. Vor dem Wahn steht und liegt die Täuschung. Dann bekommt die Ungeduld Auskunft. Phantasien, Visionen und Grillen locken. Bei jedem Wetter.

Einmal rückt sie den Tisch dicht ans Ufer, denn zu mächtig wurden die Figuren. Begegnungen mit Menschen von einst: mit Herrn und Frau Jung – dem Jungen Karl, dem Mädchen Emma. Der Schwester, das verstorbene Geschwister, Cousine Helly, Cousinen und Cousins. Mütter, Väter und Eltern. Nachbarn, Bekannte. Tanten, Onkel – gut und böse. Freundinnen, Freunde, jung und älter. Männer im Gehrock, schwarzgekleidet. Pfarrer, verwandt und fremd. Gott und Götter, Abraham und Hiob. Eine Göttin. Kirchen, Kuppeln, Türme, Exkremente. Kleine und große Hände. Gerüche. Nichts verweht. Sigmund Freud aus Wien. Vater, Sohn und Erbschaft. Freundschaft – Feindschaft. Aus der Halt.

Aussichtslosigkeit des Begehrens mahnt zur Ordnung. Wille gestaltet.

Archetypen.

Karl und Sabina treffen sich. Spannung wird verspürt. Ein Harren war es. An der Kreuzung von Erfahrung liegt der Treffpunkt. Dort tauschen sie Recht und versammeln sich im Leid. Sie weiblich – er männlich. Ein Mädchen aus Russland – ein Knabe aus der Schweiz. Unterwegs im Auftrag der Eltern nach Bildung, der Wissen anreichern, den Geist verschönern soll. Hilfe brauchen sie, die Kinder. Kinder und Blumen und Pflanzen lieben Getränke. Der Versuch, sie auszudörren, gelingt nicht selten. Doch regelmäßig und wiederholt regen sich zarte Wurzeln. Denn in der Erde, unter und auf ihr, glühen Elemente.

Wenn die Kindheit Zeit und Raum verlassen hat, begehren sie. Geben und nehmen Liebe. Gebettet in Sehnsucht lodert der Trieb. Es keimt ein Trieb. Aus die Liebe. Süchtige Schmerzen haften wie Spreu. Trauer, Vorwürfe, Verbitterung. Liebe schwebt – Söhnchen Siegfried geht. Haben sie gehabt oder hatten sie nicht? Von Sexualität ist die Rede, und dies ist immer die Frage, heute noch.

Woher will die Autorin ahnen, kann sie wissen? Kenntnis, Recherche, Fleiß, Überlegung, Verwurf, Sortieren und Denken und Fühlen und Wissen um das bündnisbunte Spiel von Paaren. Hellgelbes Unbewusstes schickt Grüße, dann wenn Dürstende gieren.

Sicher ist sie nicht, auch wegen der Folgen

bei Gericht. Auflagen von Nähe und Distanz sind einzuhalten. Zu Menschen im Text, zu Toten, zum Leben, auch zum eigenen. Halten, aushalten, einhalten, den Pakt lösen. Auch diese Maßgabe ist von Wert. Eher von großem als von keinem.

Angefragt im Kern des Grübelns, entspannt sich die Lage dennoch nicht. Wieso geht die Autorin nicht am Rand vom Pfad. Andernorts heißt es, wieso geht sie eigentlich am Rand vom schmalen Weg. Warum rennt sie. Warum steht sie still. Sie komme zur Vernunft.

Dank derselben stehen Kraft der Elemente Patin. Freundin Psychoanalyse liefert Entwurf und Gerüst zum Bau der Brücke. Feminismus bestimmt den Bau. Befürchtungen des Einsturzes gibt es beim Joch der Übertragung im Gegenüber. Altgewohnte Zweifel beim Gang, beim Schritt. Abgründe von Abwehr. Erneuerung der Ermutigung des Wissens: auch mit dem Widerstand kann gegangen werden. Unsretwegen. Wegen denen.

Realität konkurriert nicht mit Wahrnehmung. Eine Antwort. Hinreichend ist sie nicht. Für manche schon.

Wären Verantwortung und Wahrheit Instanzen, eigenständige im Menschen, so wie Speisen

und Getränke sich im Mund erwärmen, zerklei-
nern, mal fein, mal grob geschluckt den Weg
nach innen und nach außen finden, lebhaft und
satt ging es zu. Dann und wann drückt die Kopf-
bedeckung, eilig flüstern fiebrig die Instanzen –
Hut und Hütchen sind im Dialog. Wir kennen
nicht das Maß an Wohltat. Wenn es denn so
wäre. Biologisch-somatisch-psychologisch.

Dieses Tollkühn-Modell stellt auch, wie jene
anderen, die Wahl vor die Entscheidung. Ver-
wahrlost sind die Sitten, ist zu lesen. In Büchern
vorm Jahrhundert und davor. Darüber ist auch
jetzt zu hören. Verwahranstalten gab's auch
immer schon. Und immer wieder sind sie über-
füllt. Denn die Lage ist ernst. Dass Zimmer und
Gärten Sitten verwahren, wissen wir.

Kraft setzt Kathi Flower Fristen. Auch jetzt
wieder im August. Es kommen Faxe. Eine Nachricht wäre dies für 'Nylon' im Norden beim
Fjord.

Dass auch ihre Sabina dieses sicher nicht gewollt hätte, sagen Freund und Freundin. Vor
zwei Jahren kam die Anfrage. Wichtig, wichtig,
sehr sogar, der Wunsch ist da. Sabina ist, dort im
Norden, als Bühnenstück in Planung. Ein
freundlicher Brief, ein wenig hastig, hurtig,

bitte, bitte. Ein kleiner Gefallen wird erfüllt. Im Jung-Buch findet Sabina den Weg zum Fjord. Der Jung-Freundin mögliche Schwangerschaft mit möglichem Abbruch steht auf dem Gedankenplan bei der nordischen Frau. Diese, Kathi Flower's These, ist geschützt. Schutz der Urheberschaft sind Fragen der Moral, weniger des Rechts. Ergebnisse eines Lehrstücks. Aber bitte, selbstverständlich werden Rechte gewahrt und Lizenzen sowieso. Wir, wir alle sind doch vertraut mit Praktiken. Großzügig ist der Erstkontakt, die Stimmung ist gehoben. Dem Vernehmen wird Gehör geschenkt.

Ein Film wird kommen. Und weitere. Ein Dokufilm wird da sein. Auf der Leinwand wollen schwedische Filmfrauen Kathi sehen. Ihre Stimme ist wichtig, sagen sie. Dann streiten sie. Nicht mit ihr. Mit einem Knall platzen, von Spitzen drangsaliert, getane Arbeit und Pläne. Befreit von Kathis Thesen und vorbei an ihr, gehen einige derjenigen eiligst. Einen anderen Weg.

Woanders steht: Geschrieben wie gesehen.

Nach dem Wonnemonat kommt der Herbst mit Glanz im Duft der Farben.

Kathi F. braucht kein Kino. Täglich löschen Filme Bilder. Scharfe Schnitte zwingen den

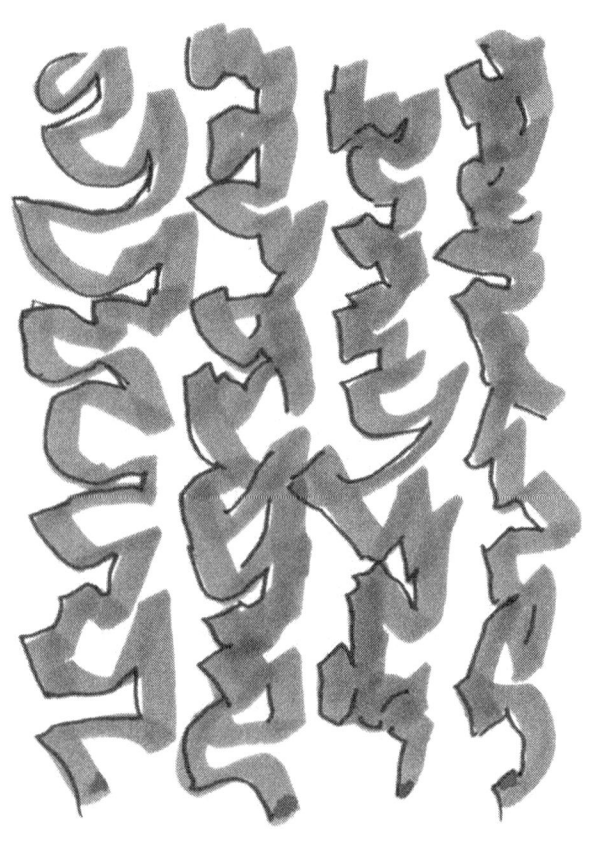

33

Atem zum Hauch. Schlimm, ja schlimm scheint alles nicht zu sein. Deshalb nicht, weil es Schlimmeres gibt. Bilder von immer neuen Kriegen zum Beispiel. Anregende und ermüdende Kommentare und Streitereien ums Recht zum Angriff, die Pflicht zum Eingriff, das Gebot der Verantwortung.

Ambivalenzen allerorten. Auch dort, wo das Herz seinen Sitz hat, wird betont. Ferngesehen kann gesehen werden, wie bei Scharen Prominenter rechte Hände bei betontem Spruch unter die Schulter auf links oben fallen.

Ohne Beziehung können Menschen in Teilen ihrer Eigenart unerkannt bleiben. Spezifische Erfahrungen schlummern sich in einen tiefen Schlaf.

Gewollt läge im Engagement der Verzicht auf Spaltung. Hin und her gefühlt und gedacht und geglaubt und erhofft und bereut, geschwiegen und verschwiegen, bliebe als Schutz die Verfügung. Manches mal hingegen bliebe der Schutz zur Verfügung.

Wenn in der Nacht ein Auto fährt, dann fährt es durch Straßen im Traum. Durch enge verwinkelte, eher Gassen als Straßen einer Altstadt im Süden zwischen hohen alten und der Ehre würdig befundenen Gemäuern. Kein Problem soll es sein, die Gassen sind frei, auf den Straßen kein Mensch. Ein Schlitten, metallic blau und silber, kommt daher, will entlang und da durch. Dass hupen nicht hilft, weiß das Auto nicht. Zu breit ist es nicht. Wer das denkt, den trügt der Schein.

Winkel mal Länge mal Ecken hemmen. Auch dann, wenn das metallic Auto auf der Stelle in der Gasse parkt, bewegt es nichts.

Auf der Bühne können Häuserwände weichen. Gestellt und verschoben geben sie Raum und nehmen sie Platz.

Gerade dann wird gesehen, dass der Mann und der Hund, die die Straße überqueren, einem Hund begegnen, der wie sie, auch auf die andere Seite möchte. Schönen Tag, wünscht Bello's Herr, der sich heute so behaglich fühlt und erklärt, dass an Sommertagen mit solchen Temperaturen, Hunde schon mal stehen bleiben wo sie sind.

Sollen Hunde doch machen, was sie wollen, ruft's aus dem Citroën. Ich sehe, dass ich das nicht glauben kann.

Frau Meier hält an sich. Indessen meint Herr

Schulze, sich rauszuhalten. Auch dann noch, als er auf gleicher Höhe mit dem Hundehalter stehend, ihn nach dem Weg befragt.

Glaubte ich vorher noch, ich spinne, ruft's ins Gespräch hinein. Bin ich jetzt sicher. Aber, aber, wird er unterbrochen, beruhigen Sie sich doch, hier ist doch keine. Wo sehen Sie denn eine. Was sagen Sie? Hunde sollen ohne Spinnen sein? Mensch – Mensch. Nein, das gibt es nicht, das kann nicht sein, ruft er aus dem Auto durchs Fenster den beiden zu, die sich ihm selbst überlassen, während sie den Streifen kreuzen und auseinandergehen.

Rücksichtslosigkeiten im Alltag sind schlimm. Mit keinem Guten Tag für denselben und dem Geknalle von Türen vor den Ohren Ruhender im Haus, im Hotel. Und da kommt ein Arzt, der ist da für die Krankheit, er könnte auch für die Gesundheit sein. So wie auch Friseuse und Friseur schneiden und schneiden und ein bisschen weniger muss es doch noch sein. Und der Spargel, der gekauft werden möchte, wird gepackt und halb vor die Hand der Frau geworfen. Sie wirft zurück den Spargel, der jetzt gepackt in Worte an Ort und Stelle liegen bleibt. Und Erdnüsse

soll es geben für das Kind, den Jungen Mald-
schik, der gerade Ball gesprochen hat. Sie will,
dass er keine Nüsse essen soll mit sechzig Tagen
Ablauf. Er nicht und auch andere Menschen
nicht und auf keinen Fall die Kinder. Wer die
Gewähr zu übernehmen hat, bleibt die Frage.

Mit dem Einkaufswagen, vollgeladen mit die-
sem nichtguten Gut, geht es durch den Markt.
Es wird eine Adressatin, ein Adressat gesucht.
Der Laden ist voll, niemand ist da. Wohin des
Weges, zornige Frau? Auf dem Boden in einer
Ecke zwischen Broten findet sich ein Platz,
denn im Kreise will sie sich nicht drehen. Keine
Lust und keine Zeit.

Am Ende dieses Satzes kommen von
Wohnung zu Stockwerk wieder ungebetene Be-
suche. Kein Zögern, kein Herein. Kein Wunsch –
tritt ein. Türen und Fenster schlagen. Wenn sie
klemmen, geht ein Tritt noch untendrein dran
und dann ein Schubs und noch ein Schlag. Dass
gelacht würde, wenn es nicht klappt, wird gemeint. Will heißen: eine Freude, gewissermaßen
ein Lachen, käme auf beim Auf und Zu – immer
wieder. Angenehm würde geschmissen und gerissen, im Lauf zuziehend gezogen. Doch bei
diesem und beim anderen und auch beim nächsten Mal wird beim Schmiss gesehen kein

Lächeln, sondern im Gesicht ein Ruck und im Arm ein Zuck.

Wieviele Menschen knallen Türen – wieviele Menschen knallen keine – wieviele Menschen wissen es – wieviele nicht. Sie und er knallen nicht, keiner knallt und es knallt auch nicht. Er sagt, bitte machen Sie etwas leiser. Sie sagt, sie werde nicht brauchen, weil sie nicht macht. Er sagt zum zweiten Menschen, bitte tun sie etwas leiser. Mit Anlauf wird die Antwort erst gesagt und dann geschrieen: mit ihren Türen macht sie was sie will. Ein Schrei sodann sogleich von ihm: nein, nicht mit ihnen, den Türen, könne sie machen was sie will.

Kinder kommen ins Gerede. Was, was, wenn Kinder, schnaubt die Frau? Nachbars Freude wäre es, statt Geknalle, Kinder zu Besuch zu haben. Empfehlungen, sich daran gewöhnen zu müssen, sind kein Angebot. Woran auch? An den Knall? Im Inserat gilt eine Empfehlung als günstiger Hinweis, als Werbung und als Vorschlag. Ungünstigenfalls geht der Anschlag weiter.

Miteinander reden können Menschen. Nicht die Türen.

Vielleicht wollen sie geschlagen sein?

Es kann sein, die Türen, die Fenster und die Dielen, sie wünschen sich erstmal nur das Einmaleins des guten Tons. Türen, Fenster knallen, der Fernseher dröhnt. Der Boden ächzt. Nicht hier – nein. Nebenan.

Flöhe würden husten gehört, wird in einer Sendung zum Lärm gemeldet. Da werden im Bild Köpfe um Zentimeter zur Seite gereckt. Augen werden, grad, dass man es sieht, leicht himmelwärts gedreht, eine Hand wird hinters Ohr gelegt und – horch, horch doch. Gelauscht wird und laut wird gestöhnt.

Ein Sack Spott wird geschüttet.

Sollten aber zur Winterszeit ein Sack, vormals gehüteter Flöhe, sich hustend, weil bronchial-krank und heiser, im Abendschweiß sich nervös zeigen, keine Hand für hinters Ohr zu halten, wäre frei.

Es sind nicht Flöhe, die da bellen.

So reich mir Ruhe herüber, Zukunft und Natur, wünscht sich von Claire Goll der sensible Dichter.

Wo ist und wo liegt denn das Problem? Dass das aber nun wirklich Ihr Problem sein muss, wussten und wissen manchmal Therapeut und Therapeutin. Denn aus ihren Stuben wurde es gehört, früher mehr als weniger und vielleicht auch heute noch.

Im Morgengrauen, in der Nacht vom siebten auf den achten, war es kein Grauen. Die Begegnung mit Herrn Freud. Voll des Lobes und der Ehre für ihn und seine Lehre hatte sich eine Gruppe Menschen eingefunden. Ein Feiertag – ein Jahresdatum – ein Jubiläum – mag sein.

Die Zeitung aus Frankfurt schlägt sich auf mit Beifall auf zwei Extraseiten. Oben links, fünfzehn Zeilen im Rechteck eine Anerkenntnis vom Verlag aus der Stadt der Mitte. Ein Hinweis auch auf ein Buch mit Kathi's Beitrag und auf das Buch zuvor. Als Gast ist sie im Glück und denkt mit Dank. Schmal mit grauem Bart, so wie auf Bildern Freud im Film, fragt er nach dem Grund der großen Freude. Kein Zögern, sie spricht. Von Vorstellungen, über Motive. Gegenüber sitzen sie – ein Kopf in Neigung.

Unwillig mahnt 'ne Nichte, nicht ohne Dringlichkeit zu stören. Der Vater ist gestorben. Leise kommt die Träne. Den Kopf nimmt er in beide Hände, hält, drückt sanft, fixiert Stellen in Höhe der Ohren.

Aus der Traum, der Tag beginnt.

Warum sollen eigene Einschätzungen zählen? Wir stehen mitten im Leben. Und bedeutungslos für ein Gremium sind Mutmaßungen.

Selbst diese, welche sorgfältig die Zuständigkeit belegen.

Dann kommt Britta zu Besuch für einen Tag. Die Freude ist da. Freundinnen nennen sie sich. Ich kenne Dich nicht, sagt sie dann, anstrengend bist Du.

Der Ton so schroff, die Zeit so eng.

Drahtseile hat die eine nicht. Denn gerade fallen Bäume ums Haus, Birken und Lerchen. Energieplätze sind dahin. Heckenröschen dürfen bleiben und eine kleine Kiefer. Der Mann vom Bagger, er hat zugestimmt.

Um sie herum wird der Kampf um Anerkenntnis gekämpft. Weit mehr als erwartet, ist die Pein. Sie fährt mit Bitten um Klärung zu Orten. Keine Post, keine Orientierung. Bekanntes greift auch jetzt nach ihr. Vertraute Qualen. Wie schon oft erlebt, fast jedesmal. Warum? Das ist die Frage. Die Antwort will die Freundin wissen. Eine Antwort will sie hören.

Nach dem Gipfelsturm an der Fassade von Gesetzen lang kommt erst Ohnmacht, dann die Wut. Sie braucht Honig für die Nerven, doch die Waben sind leer.

Verzweifelt schreitet sie zur Tat, spricht laut

und dann lauter vom runden Punkte, der geschlossenen Öffnung am Körper der Nation.

Zutrauen wird gemahnt. Fauchend belehrt sie: gerade dort, wo Anlagen ihre Heimat haben, dorthin wird sie Doppel-Skepsis walten lassen. Realitäten gipfeln in den Wünschen – ein Papier von Wert ist das Begehren. Nichts passiert. Doch eines – Britta sagt gerade: anstrengend bist Du. Aber eigentlich kenne ich Dich nicht.

Blitzschnell rennt der Pfeil. Zu ihr. Hör doch einfach einmal hin. Nur kurz und jetzt. Das ist der Wunsch. Du fliehst und jagst und bist fern ab neben mir. Sprüche so schmal: alles, alles selbstgemacht, wir machen uns alles selbst.

Zwei Frauen, zwei Bewertungen.

Ab wann können Menschen Menschen kennen? Kennst du mich, kenn ich dich, vielleicht doch auch noch lange nicht. Fragen der Philosophie und an die Psychologie. Antworten liegen in der Praxis.

Wege noch Worte fallen ein. Wartend zählen sich Gedanken. Ute kommt, Britta geht. Versteh' mich, davon ist gelegentlich zu hören. Von deinem und von meinem Ende auf Erden ist nach vielen Tassen Tee die Rede. Von Wünschen und Phantasien – wie, vielleicht, wann, könnte es denn sein. Bei Sang, sehr früh am morgen, wenn sie, die Vögel, erwachen, wenn sie kraftvoll durch die Kehlchen musizieren. Wenn vorerst wenige, dann einige singen und dann, wenn das Konzert begonnen hat, dann, auch wenn Luft und Erde sich erwärmen, dann, ja, so könnte es sein, ist Kathis Wunsch.

Verlassen möchte hingegen Ute die Welt, wenn die Erde sich auch schlafen legt, wenn Pflanzen trocknen, wenn Blätter fallen und wenn der Sommer die Blüten schließt. Dann. Wenn es neblig wird. Zu dieser Zeit steht manches mal die Spinne des Morgens Kopf. Der Freundin ist es recht, kalt zu ruhen – gleich – schon zu Beginn.

Zuvor, des Sommers. Im August – zu ihrem sechzigsten Geburtstag – spielt die Feier auf Bühnen des Gartens, über Hecken hinweg, eine Allee hinauf, hin zum kleinen Paradies. Vierzig und doppelt soviele Frauen lassen es rote Rosen regnen, mit Stimmen und nochmals so vielen Blättchen von Blüten. Augen leuchten, während Melodien sich schwingen im Genuss zu Klängen.

Verzaubertes Lachen flirrt zur Geburtstagslöwin hin und zurück. Und auch zu jener Löwin hin, die – als Geschenk ein Meter hoch – in Pappmaché mit goldener Haut – mitten im

Raum so glänzend Obacht hält. Zugeneigt fühlt sich Freude an.

Nervös wirkt Kathis Miene zwischendurch, hin zur Spitze trabt ihr Gang. Zugeordnet – macht ein Bett im Saal die Müde munter. Als sich die Nacht beginnt zu senken, und sich Hoffnung unter keine Lösung legen lässt, türmt sich bei ihr ein Gefühl hinauf zur Fahrt. Weg ins Gasthaus über'n Berg. Gedanken drängeln sich. Endlos scheint es.

Plötzlich färben Aussichten blau in helles an diesem Sommerabend. Kleine Not war da und Gesten groß. Ute schenkt. Ihr Bett für eine Nacht.

Ute ist Janas Schwester. Damals, in der Stadt am Main, waren Kathi und Jana in Freundschaft und Vertrauen. Zwischen ihnen blühten in schwindelndem Tausch von Gedanken und Gefühlen täglich Sensationen. Im Sturm folgten Bilanzen. Als Reisende auf Spuren der Geschichte, regten sie sich und andere an und auf. Ein Eichhörnchen bist du, sagt er, der Sohn mit zehn. Hüpfen sieht er die Mutter, von Zweig zu Ast am Baum. Erschrocken eilt das Hörnchen zur Freundin und staunt, dass die – die vom jungen Sohn, der sie gerade als die Gescheckte grasen sieht – nervös verkündet: muh – ich bin doch keine Kuh.

Ein Ausflug in die Berge – kommt mit Folgen. Seitdem. Verärgert zuerst, reisen beide vergnügt zum Schnee. Grad noch frustriert von jenem und allem, ließen sie es frustriert zurück. Dem Schnee entgegen soll es gehen – und mit 'nem Käfer fahren sie in unbekanntes Land.

Verbundenheit war dort vor Ort. Wie an diesem Tag und Tage und Jahr um Jahr zuvor. Im Schein der Sonne tönt sich der Teint – immer mehr. Sie treiben Schabernack, holen sich die Zeit und essen Käse, trinken Wein.

Besteigen täglich den Berg, der doch vielleicht ein Hügel ist, sie ruhen und sprechen und gucken. Ein andermal kommt eine Frau ins Haus. Noch ein Gast zu dieser Zeit – eine Gästin heute. Fröhlich wird tagsdrauf zu dritt der Berg bestiegen.

Nach Rückkehr war die Salami groß, die als Beute unterhalb der Treppe, vom Flur des Hauswirtes, mit Zögern genommen, von Gewissen und Verfolgungsfurcht getrieben, sogleich den Aufstieg mit den Frauen nahm.

Hinter der Tür des gemieteten Zimmers im Haus des Metzgers werden sie mit ihr verschwinden. Sinne waren durchgebrochen – der Beifall wird verweigert. Wo ist der Errungenschaft ihr Trumpf?

Sie liegt auf dem Tisch, Freundinnen stehen da. Stillstand. Schritte auf der Treppe. Kathi greift die Wurst am Ende. Am Fenster wird gerissen. Der Arm streckt sich durch die Öffnung. Die Salami hängt am Finger und ist bereit zum Fall. Es klopft. Krampf in der Hand, im Kopf 'ne acht. Sekunden. Die Flanierenden denkt sie – Sekunden – da unten – Sekunden – auf dem Bürgersteig.

Menschen. Ihre Köpfe. Kreuz und quer erwogen. Menschen mit Mützen. Gleich unter ihnen Beulen? Schmerzen. Vielleicht Tiere, Tiere, die heulen. Wille scheut die Lösung.

Nochmal klopft es. Der Arm erstarrt – am Ende hängt die Wurst. Luft drückt Lungen. Nasenlöcher sind verschlossen. Sie will – doch entweichen kann sie nicht.

Hörbar werden Namen vor der Tür gerufen. Einer erst, lauter dann der andere. Die Stimme. Diese Stimme? Wieder. Hallo. Die Tür! Ein Mann betritt den Raum. Als Gast ist er bekannt. Dinge gibt es, sagt er und meint den nicht gestreuten Weg.

Im Auto vorm Ort wird der Fang gelagert, in

Eis und Schnee und Kälte konserviert. Täglich, mit dem Messer in der Tasche, geht es bergab. Drei Frauen werden gesehen, hantierend. Sie schauen und reden leise und finden keinen Gefallen dran.

Gefroren ist die Wurst, geronnen die Lust. Kälte des Nachts und tiefe Temperaturen beim Klau schmecken ihnen nicht, auch nicht scheibchenweise. Spannung stellt sich ein, Unmut und Schuld.

Glück hatten vielleicht – und es bliebe allein auf ihrer Seite – die Menschen auf dem Bürgersteig.

Es fällt auf, dass nicht allein die Salami zwei Enden hat. Denn auch Brücken enden im Beginn und beginnen am Ende. Ruhig und manchmal lebhaft bleibt die Zeit. Erinnerungen an Träume von früher und an Wünsche von noch davor, wechseln die Frau. Phantasien klären Erlebtes. Jana ist dreißig, Kathi noch davor.

Zurück geht der Blick auf Kindheit und die Mädchenzeit. Eines Nachmittags weicht die bronzne Farbe im Gesicht.

Glaub' mir: sagt Jana.

Ihr Leben. Ihr Schmerz um den Betrug der Mädchenkindheit. Die Mutter und Tochter sind in Liebe, in Freundschaft eng und verwandt. Eines Tages wird es kühl. Die kranke Mutter fehlt. Vom Fehlen kann die Rede sein, vom Fehler muss gesprochen werden.

Ein Vater hat zum Kind gesagt: Gib mir.

Janas Worte tasten. Sie möchte sie hin zum Verstehen bringen. Doch Gefühle nehmen Worten den Verstand. In dem Moment, als jemand vorm Haus auf der Straße einem Menschen was zuruft, zeigt sie ihr die Narbe. Scham kann mit Tränen den Brand nicht löschen. Wie damals. Braune Augen schmerzen. Freundinnen setzen Hand in Hand unsicher Füße ins Gebiet und träumen von den Regentropfen, die sich dabei nicht weh tun, wenn sie auf die Erde fallen.

Jahre später träumen sie getrennt. Von Kieselsteinen auf dem Weg. Die Seifenblasen zusehen, die von Kindern geliebt werden, weil sie fliegen.

Unterdessen kommt ein Vogel und reibt die Feder an der Distel. Das Kehlchen bleibt türkis. Früh und spät wechseln nur die Disteln ihre Farben. Denn die, die in weiß und blau flach auf den Lüften liegen, sie wollen rosa sein. Als Echo mit dem einen Ohr vernimmt sich's: lauf.

Und obwohl im Topf die Meisen jammern, bleibt der Deckel dicht, die Öffnung ist zu. Rauchende Feste im Rausch, wo gestern noch ein rauschend Fest genossen worden war.

Wann ist ein Mensch gesund.

Vor einer Zeit war der Tag der drei Runden mit einer zwei davor. Mit dreimal Null geht's weiter. Eine Spanne ist wieder dahin – ein Umzug, ein Gedicht. Weil jetzt das Fenster dem Himmel näher ist, sind viele Wolken vom Zimmer aus zu sehen. Mutig wird gelebt. Von allen.

Und Laura ist tot. So bald.

Oft schon hatte sie und hatten Freundinnen ihren Tod erwogen – aber öfter noch das Leben.

Kathi vermisst sie. Einen fünffußbreiten Pfad von Verbundenheit hatten sie genutzt und sind ihn zugeneigt gegangen. Viel Platz, das wissen zwei Frauen, schafft nicht mehr Raum.

Gerade war immer Lauras Gang. Jeden Tag gab es erst Befehl, dann Zwiegespräch mit Wirbeln und der Säule. Hoch hielt sich der Kopf. Manchmal schien es, sie gehe im Gewässer. Später geht sie dann im hohen Wasser – schließlich steht sie gegen Fluten an. Hochwasser droht. Ein Kopf in Not.

Kathi vermisst Laura. Gleich schon hat sie den Verlust gespürt.

Rauschende Gespräche, luftig, lustig, schwer-

und übermütig, sie sind dahin. Kontroverse Übereinkünfte der besonderen Art sind an die Zeit verloren.

Eine Anzahl Geschichten teilen sie.

Eine der letzten noch im Leben mit Wirkung: Dreißig Jahre Freundschaft zur besten Freundin Rita ist Laura gerade dabei, freizusetzen. Fast plötzlich.

Eine Reise zu zweit in den Süden sollte es noch sein. Wünsche lässt sie sich erfüllen. Mit Kanülen, Ampullen, mit Hoffnungen, Ängsten, mit Sicherheit und mit Vertrauen sind beide Frauen unterwegs. In die Hände der Freundin legt Laura den Schmerz.

Sie hatte eingeladen nach Siena und Firenze, zu Käse, Oliven und zum Wein. Zypressen wollte sie zählen.

Laura macht sich Komplimente.

Unmut schleicht sich erst vorbei, dann nimmt er Platz. Ein Vorfall geschieht, auf einmal kommen drei hinzu. Mit sich reden lässt sich nicht, weil ein Schweigen tobt. Grimmig ziehen Schatten Bahnen im Blut. Neigungen drehen sich suchend um, sie haben den Gebrauch und die Regeln des Spiels vergessen und verloren.

Kurz drauf erörtern Laura und Kathi es am Telefon. Laura wünscht Rat und Recht. Kathis

Sympathien setzen sich zögernd, dann fest an Ritas Seite.

Klirrende Töne treffen daraufhin diesseits und jenseits am Telefon auf taube Ohren. An des Messers Schneide entlang schieben sich durch den Hörer die Worte gebündelt hinauf zur Spitze und brechen sie ab.

Schrille Gedanken mit Resten im fallenden Ton, geben ihn an. Die Botschaft lautet hier wie dort: Annahme verweigert. Aufgescheucht folgt ein Folgeanruf – ein dritter folgt dem zweiten nachts um zwölf. Um Mitternacht schlagen Herzen hurtig im Gewicht einer Ahnung von Rücktritt, wobei sich glühende Fünkchen Hoffnung an seidene Fäden klammern. Verstohlen lugt Zuversicht an der Ecke. Und als sich Gelegenheit bietet, drängt sie sich auf. Beide Frauen atmen und wagen ihn wieder, den Sprung, auf dem fünffußbreiten Weg.

Auch frohe Gespräche folgen. Viele. Wieder mit raschen Gedanken. Wie immer.

Zum Herbst hin sollte es leise gehen – bald öfters – bald leiser. Dann sagt eine schnelle Frau mit dünner Haut: mach's gut.

Und jetzt sieht Kathi Laura im Sommerkleid, mit kleinen weiß-hellblauen Blüten, im Himmel spazierengehen. Manche Leute meinen zu

sehen, dass Laura dort spaziert. Auch dass sie auf grünem Gras über gewellte Hügel geht, ist nicht in ihrem Sinn.

Am Meer – am Strand – ganz in Weiß – nur so kann es sein. Es ist Sommer.

Die Evergreens in violett und weiß, im Flieder, im runden Schneeball, im hellblauen Vergissmeinnicht, sie summen vorbei.

Eine Szene.

Kein Auftritt.

Ohne Sie.

Oh! Frauen möchten Kathi sehen. Sie möchten Kathi kennenlernen. In der Sekunde der Überraschung geht es vor Freude drüber und dann runter. Worte sind gesagt, die den Sinn ergeben. Das Versteck im Text wird nicht gefunden. Vielleicht doch, auf Seite zweihundertvierundachtzig, da wo der Amok des Lebens auf die Stimme schlägt.

Das geht zu weit, befindet ein gelber Geist. Das, sagt Kathi, finde sie auch. Sekunden war sie froh gewesen. Denn sie hatte gehofft auf Publikum, das vom Teppich her über die Brücke kommt. Der Zeitpunkt war intakt.

Dann, wenn der Markt schreit, wird Gelbgeist

bestätigt sein. Mal leicht, mal schwer werden Erregungen im Kanal sich Wege bahnen und Nichtschwimmende werden laufen. Kreise sind gestört. Wer wird denn von Erfolgen träumen, wenn Ängste durch die Kisten eiern. Doch dann, wenn Mächte reihern, sollten Abkömmlinge Triumphe feiern.

Tage später hatte sie gelesen, dass wir steigender Flut entgegen jubeln und dass wir uns erschrocken gegen die Ebbe wehren. Deswegen, weil wir Angst haben, sie würde nicht wieder zurück kommen.

Sie hat Ansprüche, verhüllte und welche mit Anfängen. Einstweilen steht sie am Ufer und ihr Wissen nützt, dass Wasser Feuer löscht und dass manchmal das Feuer im Wasser auf dem Fluss ertrinkt.

Bald darauf hatten beide, die Verlegerin und sie, Seiten betrachtet, und sie hatten es sich ausgemalt. In Aussicht stellt sich ein Ziel. Lichtblicke bleiben so. Frauen, die achtgeben, behalten es für Wochen im Auge. Gedanken tragen. Sogar ausgezeichnet wird im Frühjahr drauf das Buch, dieses, das ein Gesicht bekommen hat.

Am morgen nach der Nacht erzählt Till Eulenspiegel seinem Vater, er habe im Traum Kuchen gesehen. Den Traum will der Vater ihm wohl deuten, jedoch einen Pfennig soll der Sohn ihm geben. Erstaunen bei Till: vom Kuchen hätte er nicht nur geträumt, sagt er dem Vater, wenn er auch nur einen Pfennig hätte.

Von Gewalt ist immer die Rede, über die Verabscheuung von Gewalt noch mehr. Die großen Taten stehen in der Mitte, im Punkt sammelt sich Gefühl und Affekt. Menschen schütteln sich und auch die Hände. Sie leiden mit. Sie reden mit. Auch miteinander.

Bei „big brother", meint Mann Georg, ginge es zu offen zu. Finden Sie nicht auch, finden Sie nicht auch? Tatsächlich, dort soll es gemacht worden sein im Bett und drüber geredet werde auch. Es ist einfach zu öffentlich, wird gemeint. Es zu bereden, sei auch pfui. Aber eigentlich musses jeder halten wie er will, das ist Meinung. Und Gas gibt Georg jetzt hier, in der kleinen Öffentlichkeit, beim Fest zu siebt. Mann Georg weiß es, ihn, den Grund, wieso die Gäste, Frau B. und Herr B. mit Sohn, lediglich eine kleine Familie sind. Zu zweit sind sie mit nur einem Kind, nur mit dem einen, weil Mengen gegessener Limburger-Käse den Zugang verhindert hat. Ha.

Frau und Mann B. sitzen am Tisch, der Käse aus Limburg liegt auf ihm. Darüber zu reden, fürwahr, das stinkt. Die Zügel des Geschmacks sind los, auch wenn es um die Eier geht.

Und das Buch, das Buch. Eine Aufnahme vom Markt wird gewünscht. Wenn er es gereicht bekäme, könnte es genommen werden. Soviele Hände auf der einen Seite und soviele Sätze auf weiteren Seiten. Und noch mehr Worte.

Und dann gehen Menschen zum Markt, stehen dort und reden und treffen sich. Sich und Menschen. Fast niemand hat ein Buch dabei. Kann sein, es ist hier nicht der Markt. Obwohl – zwischen Blumen und Kirschen und auf der Kartoffel liegt ein Blatt.

Die Gravensteiner Äpfel sind auch da, vom Baum von damals, aus der Kindheit im Garten. Es scheint, als dufte der Baum. Er war so schön und die Äpfel waren schön. Die Farbe, der Duft, die Form und dann das Laub. Grün, gelb, etwasrot und dann fällt es. Die Erde wartet. Jemand hat später die Blätter von der Erde aufgenommen, sie geglättet und grün gestrichen und den Baum damit beklebt. Es geht nichts schief, denn jede Blattseite zeichnet Adern und kleine Äderchen. Sie erkennen sich und sind verwandt.

Irrtümer recken die zarten Hälschen, sie wollen mit dabei sein. Doch schnell und erschrocken ziehen sie am Anspruch vorbei, denn: schleicht Euch, raunt's im Blätterwald.

Wenn es um die Aufnahme vom Markt geht, dann könne es sein, dass es vielleicht um eine Aufnahme geht, wird sinniert. Um ein Photo. Und jetzt sieht jemand, dass das Blatt von oben auf der Kartoffel, auf der Seite liegt.

Muss es ein Photo sein vom Markt, wird es eines sein vom Buch? Da es die Ungewissheit von objektiver und subjektiver Qualität gibt, lautet die Konsequenz: schöner könnte das Bild nicht sein, auch treffender konnte es nicht werden, das Bild vor dem Text.

Weil die Menschen noch immer da stehen, wird angenommen, sie fühlen sich.

Himmel hilf – der ersten und der zweiten Hälfte. Es sei ein halbes, wird moniert. Es fehle das zweite Bild, es fehlt der Anhang, es fehlt so viel. Bemerkt wird sicherlich auch, dass auf Seiten Hälften fehlen. Denn, halb leer sind die einen, halb voll die anderen. Fürwahr, sagt Katharina, es fehlen die Fehler. Und weiter sagt sie: simpel ist es, denn da wo was fehlt, ist auch was da.

Mehr Haut wird erneut gebraucht, obwohl die alte sich nicht schuppt. Haut kommt nicht von hauen, auch wenn auf sie geschlagen werden kann. Wenn dann die dickere Haut den Schlag bremsen soll, auf den der Schläger haut, dann muss die Zugehörigkeit geklärt sein. Denn auch Schlägerinnen hauen. Es soll aber gar nicht Haut sein, die dicker wird, das klärt sich gerade. Es sei ein dickes Fell, das einem wachsen kann. Das jetzt wieder wachsen muss. Fell schützt Haut. Wärmer wird's mit ihm. Und im Sommer?

Lachend bittet die Mutter, sag' Du es ihm. Doch wie es sagen, es ihm grad' so heraus erklären. Auch sie weiß es nicht. Miteinander wird gesucht. Das Kind nach fehlendem. Beide Frauen auch, bei ihnen sind es Worte.

Vier Jahre alt ist das Mädchen, das im Schweizer Käse Löcher sieht, das diese aus dem Käse schneidet und sie nach getaner Arbeit sucht. Verwirrt schaut es sich um. Sie werden von ihr gesucht, das eine und das nächste Loch und alle andren auch. Die eben noch da waren. Die gerade noch rund vor ihm lagen. Kurz zuvor, in der Minuten zurückliegenden Zeit wurden sie von ihm herausgeschnitten, das behauptet das Kind. Darauf wird bestanden.

Große Kinderaugen versuchen dem Trost zu glauben, an diesem Abend. Während die Frauen glauben, die Fragen zu kennen, die kommen. Zum Beispiel. Wie so was kommt, hat Nachbars Kind gerade wissen wollen, dass Gemüse und Kartoffeln weich werden beim Kochen, indes Eier hart.

Alexander erzählt, dass sie in der Schule die Sieben und auch die Acht geschrieben haben und gestern schon die Neun. Und die Zehn hingegen, die brauchen wir nicht zu lernen, freut er sich. Wie kommt denn das? Wieso? Will er scherzen? Nein, es ist ihm Ernst, es fehlt der Schalk. Nanu?

Weil wir die Zehn doch kennen, erklärt er stolz, denn beide Zahlen, die Eins und auch die Null, schon lesen und auch schreiben können. Juchhu.

Später wird nach Antwort auf Ungefragtes gesucht. Fragen, die sich stellen, gibt es dann mit Antwort, andere bleiben ohne.

Wochen danach schenkt die Frau ihr, der Frau ohne Kind, ihr Buch. Es zu holen, dazu ist sie aufgestanden und hat es auf den Tisch gelegt. Als sie nach Stunden geht, hat sie es nicht als Zurückgelassenes wahrgenommen. Es war versehentlich. Auf dem selben Platz muss es gelegen haben, als die Schenkende es sieht. Darüber denkt die andere nach und glaubt, dass sie, als sie es liegen gesehen hat, es zurückgestellt haben wird, an den Ort, woher es hergeholt war.

In zwei Schuhen sitzen Füße, die heute kurz vor acht, nicht unterm Tisch stehen, sondern im Konzertsaal, vor einem Sitz mit Lehnen, an Wandreihe links, auf dem Boden. In Schuhen sitzende Herrenfüße und in Leder steckende Damenfüße gehen an diesem Paar vorbei. Sie verlaufen sich nicht, auch kommen sie vom Weg nicht ab, niemand verfehlt das Ziel. Weil der Gang, den sie nehmen müssen, nicht aus Holz ist, befinden sie sich auch nicht auf dem Weg aus ihm.

Selbst wenn es nicht das Interesse der Frauenfesseln ist, sich in Ketten legen zu lassen, kommen sie nicht umhin, Beachtung zu erfahren. Einige finden die geballte Landung bemerkenswert.

Eindrucksvoll platzieren sich den Schauenden die zwei Ruhenden in blauem Leinen mit weißer, etwas dickerer Sohle auf dem Boden stehend, am Rand. Blicke, dicht gefolgt von Blicken, stutzen, täuschen sich nicht. Sind verblüfft. Signale des Ausdrucks: vergriffen.

Und das ganze von vorn. Doch in Sekundenschnelle sind sie wieder bei sich. Acht geben müssen sie, sie könnten stolpern, rutschen, und das will niemand.

Dann geht das Licht aus.

Oben wird es hell.

Der Virtuose mit Hahnenkamm, den er tragen soll, kommt von der Seite schräg mit Anlauf. Läuft herum, nimmt Fühlung auf, knüpft Verbindung, schafft Voraussetzung, spielt und spielt, mehr, als dass er singt. Verzaubern lassen sich Sitzende, und sie spielen mit. Instrumente wollen sie gleich morgen kaufen, oder meinetwegen, es können auch Geborgte sein. Geigen ohne stocken, Violinensaiten streichen, vor der Höhe randvoll singend, überlaufend, ein Ton wird dem nächsten freudig weichen, das wird schön.

Gezwitscher im Wettstreit, steht am Morgen als Titel auf der Seite. Exzellent ist er, Erster seinesgleichen, droben und nicht zu überholen. Konkurrenzlos auch sein Frack. Einziger vor Ort, der glänzt. Im Wettbewerb mit den schlechtest sitzenden soll seiner einen der vorderen Plätze belegen. Doch die sind voll, das heißt, besetzt. Das Hemd hängt mehr aus der Schlapperhose, als dass es in ihr steckt; unterm Bäuchlein baumelt ein Palästinensertuch, steht auch noch in der Zeitung.

Beim Hüpfen und Wippen lockert sich ein Senkel. Von einem seiner Boots. Auch er trägt unten sowas. Augen blau, braun, sehen; die in Grau und Grün beobachten, dass beim Springen und beim Sätzemachen einer deshalb nicht mehr richtig sitzt. Notwendig wäre es schon. Siehst Du, wie er leicht beginnt zu schlurfen, und manchmal sieht es aus, als schlappe er bereits. Ja, nicht nur zwingend ist es, es wäre auch normal. Aber hier.

Kribbelnde Zehen setzen sich in Gang und klammern sich schwitzend aneinander. Das Kopfkämmchen färbt sich, jetzt gibt es den Ton an:

Wer schwebt, braucht der den Boden?

Segel streichen, heißt:

Sich fügen, hören, folgen.

Nur was kriecht, überlebt.

Gebückt wird geschnürt. Und gelacht.

Alsdann spielt er herum, mit einem Fußball, der Virtuose. Flink lässt er ihn sich drehen, blitzschnell stößt er an und Jubel trägt ihn mit der Note ‚Lass Dich blicken', über Köpfe, Hände, Bänke. Jemand hat ihn aufgefangen. Jemand muss ihn bei sich haben, in den Händen und hält ihn fest. Denn niemand nimmt Anstoß und lässt ihn fliegen. Nebenan wird getuschelt.

Sie fragt. Er sagt ja.

Über musikalische Genialität hinaus verrät sein Erfolg die Sehnsucht, steht auch noch da, dem Konzertritual etwas von seiner Stilisierung zu nehmen. Und es gibt den Wunsch, dass Füße glücklich sind; ist auf Seite hundertzehn zu lesen; was macht sonst noch Spaß und dass Kunst verführt.

Es gibt einen Baum in der Nähe.

Sie sei sicherlich auch eine Kastanie, auch so eine, wie sie selbst eine ist. Kathi überlegt und stimmt nicht zu. Kastanien sind mit Kerzen, mit weißen Blüten und in rot. Zwischendurch trägt er stacheliges Grün an Enden von Stielen auf der Kerze und nach der Geburt sind die Kugeln glatt.

Dem Haus gegenüber steht in einem Frühling prachtvoll der Kerzenschmuck im Grün. Die Weißen und die Form und Farben wünschen gefiederten Träumen Hilfe. Wie aus heiterem Himmel leuchten sie im Abendlicht. Zögerlich, wie leicht getönt, lässt sich das Licht, das keine Absicht hat, von allen Seiten auf sie fallen.

Vertrauensvoll werden sie sich immer wieder wiegen lassen. Denn vom Stiel her sind sie stabil. So oft am Tag flüstert die Wurzel über den Ast, blüht doch einfach, ihr weißen Blüten, seid nicht in Sorge, es ist Mai. Dann, wenn es dämmrig wird, lassen sie sich treiben und schwimmen wieder hinein ins Abendlicht.

Du bist aber keine Kastanie, das sagt M. Er weiß, dass sie eine Linde ist. Eine Linde mit weichem Blatt sein zu können macht vergnüglich und macht Mut. Wenn die Linde blüht. Damals in der Rue d'Amour, als alle Lindenbäume blühten, da legte sich der Duft in Fenster und Glühwürmchen kommen vom Mond und sitzen im Baum.

Gesammelt wird die Blüte und getrocknet und während eine Hitze treibt, stampfen Menschen einmal mit dem Fuß hinter der Zeit entlang.

Die Zeit war nicht in Verzug geraten, als in

Bioleks Raum eine Frau letzte Botschaften vertritt. Für den Moment verspricht eine Behauptung Übereinkommen. Das Universum könnte Wünsche liefern, auf Bestellung.

Farbenfroh ist sie dann, wenn sie sich in Fassung hält und auch dann, wenn sie sich in Taten wähnt. Zahlreich sind Bestellungen aufgegeben und ohne gezuckte Achseln perlt die Luft.

Anders denken wandelt das Meer nicht erst in blau. Die Treue zu ihm steht ihr gut. Auch wenn es eine Meinung geben kann, ein Schwimmen im Meer ist umgeben von Gefahr. Andernorts wird angenommen, ein Schwimmen im Meer ist umgeben von Wasser. Jenachdem, das Meer bleibt verbunden in beiden Ansichten, denn blaugrün sind Farben im Türkis.

Einen Hai will er indes vermuten, im Mittelmeer, der schlägt und beißt und frisst. Deswegen will er es wissen, weil er nicht abließ, dem weißen vom Film zu folgen – vom Kino, zum nächsten. Dann nahm er ihn mit auf die Stube. Nah sehen muss er ihn jetzt.

Zweimal gefolgt, dann ließ er sich verfolgen. Dann verbiss er sich.

Und jetzt gesteht sie zu, es gibt tatsächlich

auch ein Mittelmeer in rot. Seines und jenes. Und sie hat es gesehen, das goldene Rot im Meer, das die Sonne dem Himmel überlässt.

Wenn er denn käme? Wohl gemeint ist, wenn der Hai denn kommt? Wenn die große Flosse auftaucht im Mittelmeer, wenn die Zähne plötzlich, so ganz und gar plötzlich, dann, was will sie dann tun, das will er wissen. Ganz einfach, sagt sie: sie will sich retten. Und ganz und gar will sie sich dann nicht fressen lassen, vom Hai.

Auch deshalb gehen Zähne den Weg zur Ärztin. Am Eckzahn sitzt Zahnstein. Vor Wochen gab's Abdrücke und Eindrücke in violett, auch der gelbe schmeckte schlecht.

Stramm wird wie immer, auch jetzt der Stuhl von hinten angelaufen. Auf halber Höhe wird gestoppt. Doktorin steht da, legt dann ihre Hand in eigne Hände. Das eine und auch das schöne Händchen, das aus der Kinderzeit, gibt sie nicht frei. Eines der beiden aber könnte, sollte gereicht werden beim Gruß. Das sind Wünsche der Frau Eckstein auf dem Stuhl. Klar, auch Doktorin hatte einst im Zahn ein Löchlein. Gesehen werden kann das Pünktchen. Jetzt in Gold. Von der Wurzel glänzt es her.

Durchs Fenster gesehen, steht ein Baum in weißen Blüten.

Silbern blinkt ein Stern.

Viel später sitzt Kathi am Strand vorm Meer. Neben dem Schirm, der Liege und Kathi sitzen eine Frau und eine Frau, auch unter ihrem Schirm. Bunt ist deren Schirm, der andre ist aus Schilf. Gemeinsam genießen sie – ob farblos, uni, ob farbenfroh – den Schatten als Freund.

Dornröschen ist auch da. Sie sitzt mit Schnee-wittchens Teint so elegant im Sand. Hellrote fünf Blütenblätter leuchten vom Mund, im Haar ein rosa Röschen. Zu sehen sind auch hinten keine Stacheln, kein Dorn wird zum Auge geführt.

Drei Frauen sind heute im und am Meer, dem Meer verbunden.

Auf dem Weg zur Wolke weht es linksherum. Geradeaus vorbei am Körper wirkt das Wasser samten. So weich, so verführerisch, sagt die schöne Frau. Kathi findet, es ist so lau.

Unsummen von Meereswassertröpfchen flie-gen mit dem Sturm von Wellen zur nächsten, mehren sich, wehren sich nicht, genießen es, ge-schluckt zu werden. Vom Sturm gejagt, suchen sie die Zeit im Wind. Gemurmel fängt sich im Hauch und dann, wenn das Publikum ver-stummt, blinkt silbern ein Stern, der weiß, dass

Meereswassertröpfchen in der Wärme lieben. Und auch sie kennt es, das goldene Rot im Meer, das die Sonne dem Himmel überlässt.

Dann spalten sich die Gedanken, halb wird gehört, ein bisschen wird gesprochen. Aus München sind sie angereist – aha – in Frankfurt studierte die schöne Frau – ach ja. Kathi auch. Wann und was und wo genau. Und danach und dann und jetzt.

Und Erwägungen zwischendurch. Interesse enthält Neugier, erhält die Neigung. Doch wo das Pendel fehlt im Kopf, wird es schwer zu wägen. Deswegen, weil Sprache den Heimweg plant, die Sprache, die lautlos mit Gedanken spricht.

Einerseits: soll es sein der so lange Weg zum Heim am Strand entlang, Pflaster hat sie ja, sogar zwei, dabei.

Andererseits: flugs hingegen macht es das Taxi. Vorteil – Nachteil. Das bessere Teil käme also vorher. Aber gesehen im Moment, könnte das Teil danach das gute sein. Nämlich, mit der Entscheidung Taxi – könnte sie Feigen und 'ne Zeitung kaufen am Straßenrand, Siesta machen schon bald bei einer kleinen Dämmerung. Kein Durst, kein Schweiß, kein Weh am Zeh. Genossen werden könnten hingegen keine milden

Lüfte, keine Bewegung. Ein Gang am Meer fiel aus. Doch der Tag würd' drängen hin zur Nacht. Daher, kein Glas Wasser zwischendurch, kein Schluck Bordeaux. Und die Sonne wird mahnen, ein schöner Untergang wird appellieren, gar alarmieren. Keine Pause, keine Ruh.

Der Fuß bewegt sich, er sieht den andren, sie schauen sich an. Oje, er will gehen. Deswegen, weil die Uhren laufen. Hälften wollen keinen Streit. Die kleine Zeit war schön. Ein Schuh am Fuß. Der Aufbruch.

Sanft bricht er ab. Ins Schatzkästlein auf Seide legt sich gerade eine weiße Perle, als mit der Lust die Zeit sich dreht, als die Stimme sagt: wir bringen dich.

Das Auto ist klein und so rot. Der Name meiner Freundin ist drinnen in meinem, sagt die blonde Frau. Denn Thea spielt mit Doro, wie Anne mit Marie.

Gelber Faden, der gewünschte Sprünge vom Norden hin zu den Oliven zieht, verliert sich auch dann nicht, als Situationen mit neuen Folgen zum ersten Mal gesehen werden. Beim Hin und Her werden Spitzenwerte erzielt, und wie fast immer rollt der Blick wiedermal am Stamm entlang hinauf zur Krone. Auf sieben Stämmen hängt sie weit und tief und hält die Sicht. Blicke warten in Beziehung. Standpunkte schwappen auf Wellen hin zur Planung und halbwegs saugen sie sich am Boden fest. Was gelingen wird, hängt an Erhaltungsträumen dran.

Weil zuvor eine Idee als Geschenk hätte gegeben werden können, zeichneten Wünsche tagelang Gefühle in verdunkelten Räumen. In Faszination wäre reichlich Glück beim Verschwinden aufgehalten worden und vielgerühmte Ernten würden dann den Druck bestellter Phantasien gepriesen haben. Unters rollende Rad gerieten sie dann.

Vornübergehende meinen dann zur Lage, Spielräume fielen ins Gewicht und Momente auf Talente. Erfolge werden hellwach erlebt. Indessen zaubern Spuren Wege im Netz und Annette und Anne, die beiden Frauen vom Strand, werden vermutet im Flug kurz vor drei nach der Landung auf dem Weg zum weißen Haus.

Zwischendurch der Rat an Marie, dass Wünsche gesendet werden könnten – mit der Botschaft einer Freundschaft an das Zentrum des Grübelns. Vom Dokument der Rettung – von der Narbe aus und zurück. Von dort – von jedem

Stich des langen Schnittes im Bauch. Denn Hoffnung will sich nützlich machen und Glaube wirbt um Visionen vom Wachstumsnull.

Bequemlichkeit will sich gewöhnen, als Hektik verloren wird auf dem Weg dorthin. Da kommt der Ruf vom Angriff, Feuer, Trümmern, Mord. Staatsmänner treten fühlend auf und ein für Sicherung. Sie pochen auf Fahndung, einige wollen Vergeltung, andere sprechen von Ahndung, die meisten von Besonnenheit. Ein alter Papst setzt Güte auf die Liste der Bestellung für Menschen in schmerzender Welt. Und Gnade für jene, die sich auf dem Weg aus ihr heraus befinden.

Als an diesem Tag Momente noch Bedeutung hatten, lief auf der hell getünchten schmalen oben runden Mauer eine weiße Katze. Leise, langsam, ganz normal – so artgerecht.

Auch nachher weiß sie es nicht. In ihrer Welt kommt der Fuchs. Und vor ihr fliegen Meisen hoch, so weit sie kommen und Mäuse springen vorm Baum ins Loch. Artgerecht wie ihr Gang ist auch ihr Sprung, dann, wenn zuvor blinzelnde Augen blitzen beim Fang.

Davor hatten Kastanien im Gartenlokal Schatten geworfen. Komm Mama, sagt das Mädchen und geht doch allein. Guckend wird im Sommergarten der Weg zum Klo gesucht. Nichts für Damen ist in Sicht. Ein 'Fräulein' dreht sich auf die Frage. – Erst geradeaus müssen Sie gehen und dann rechts, erfährt mit sieben Jahren 'Sie'. Kein Staunen bei ihr, kein Stutzen beim 'Fräulein'. Hüpfend von einem Bein aufs andere, ruft die 'kleine Frau': Mama, wo ist rechts und rennt.

Währenddessen:
Singt ein Frühlingsvogel über dem letzten Blatt
Ganz oben im Baum
Hinüber zum Vogel
Der zwanzig Wochen und später
Als Spitze im immergrünen Baum sitzt
Und der schön ist, wie er glänzt.

Zwischen den Zeiten wird in der Wohnung auf dem Boden ein Teppich verlegt. Den Farben nach liegt grau wie grau zuvor. Manchmal separieren Farben. Manchmal nehmen Farben Farben an. Dann integrieren sie und lassen auch schon mal dem Schein nach mehrere Möbel wie eines sein.

Das neue Grau hingegen lässt das rostne Sofa stehen. Wie den grünen Stuhl. Das Schränkchen mit Glas, die Lampe mit dem roten Fuße ebenso. Sie alle stehen auf ihm. Auch der hauchblau-leichtviolette Teppich liegt da – auf ihm. Dass ein Bild von Matisse an der Wand Getrenntes im Raum aufnimmt und es hebt, das ist seit heute neu.

Deswegen – seitdem es hängt. Ein Teppich in pink im Bild über dem rostnen Sofa nimmt den Teppich, der auf dem Teppich grau liegt, auf – und das Sofa, der Stuhl, die Lampe und das Schränkchen mit Glas, sind angenommen.

Bring' Wäsche, ruft eine Frau draußen vorm Bild den ohne alles Badenden und Ruhenden zu. Im Ausverkauf und auch normal gibt's Sternchen, Blättchen und Pünktchen. Goldig und bunt. Hemmt keine Kaufgelüste, stört den Ärger. Denn während Wannen voll sind, laufen Frauen und Basen über.

Wünsche, die auf den Weg geschickt werden, knicken in der Kurve ein.

Es waren erste. Stimme und Stimmung werden gezwungen, weil sie meinen, nicht anders zu können. Abgespannte Wellen – vom Sommer übermüdet – finden keinen gangbaren Weg vorm Sturm, der jetzt außer Atem kommt. Dabei werden Finger nicht vom Lauf gelassen. So gesehen, lehnt sich Geschichte an. Himmel hilf, sie wollen das Blau löschen und die Lücke der Wolke zur nächsten im Karo sehen.

Vor dem grünen Stuhl auf dem grauen Teppich liegen immer noch Fusseln neben der kleinen Feder, die vom Baum geweht kam, als Vögel sangen. Unten am Schuh kam sie mit ihm gelaufen und wurde bis zur dritten Stufe und weiter getragen.

Der erste Lauf zum neuen Buch fällt hin – platt auf die Hoffnung. Tongekünstel am Ende der Leitung stimmt zu zur Möglichkeit. Hingegen die Stimme reif zum Abbruch, schleift sich noch 'ne Minute lang dahin.

Lauter Kügelchen sitzen schon im Kopf – nicht umhinkönnend wartend auf den Effekt, den der Knall leicht zu brechen in der Lage ist.

Das Aufspüren des zu Unterscheidenden beeinträchtigt und kann Hoffnung trüben und Spaß verderben. Erkenntnisse belegen aber auch, dass sich Gelegenheit zur Entbürdung bietet. Wenigstens vorübergehend ist es möglich, aus der jeweils bestimmten Position Perspektiven zu erwägen und nach einer Lösung zu suchen. Einstellung und Grundstimmung ringen mit Betrachtungsweisen. Wie ein bestimmter Status sich darstellt, wahrnehmend und wahrgenommen, er lässt auf Verhalten schließen.

Grundsätzlich scheint der Weg vor der Tür zu Ende. Diese Annahme hält sich hartnäckig. In zwei Hälften gespalten, ist jedoch jeder Abschnitt begünstigt. Wenigstens hat jemand Licht geschaltet, als Vorbehalte verkündet werden und versucht wird, Sehnsucht ins Wanken zu bringen.

Man beachte den Schnee, der gefallen ist und direkt Spuren hinterlässt. Abdrücke sind gebildet, vom Schuh links, vom Schuh rechts. Dekorationen der Sohle zeichnen den Auftritt. Ob es bedeutend ist, dass Folge und Anzahl der Muster nach Wellen, Punkten, Lücken und Linien auch hinter der Tür Abdruck gefunden haben. Von dem Menschen mit der Sohle am Schuh? Anfängliche Vermutungen haben die Spuren beobachten lassen und stützen bis zum Wischen den Schluss.

Auch kann jederzeit der Mensch, dort mit dem einen und hier mit dem anderen Schuh auf seinem und dem anderen Absatz drehen und gehen. Der Weg als Strecke zum Ziel – wenn nicht gedreht oder verlassen wurde, führt vor und, wie man sagt, durch die Tür. Auch hinter ihr ist Platz.

Die Anzahl der Schritte sind unerheblich. Leere Sekunden wurden beim Überqueren gespürt; gedacht wird nicht mehr der Zeit.

Eng soll es im Garten werden – jetzt ist es nicht so. Die Wiese unter den Bäumen wird grün werden, ein Maiglöckchen am Stiel über und unter dem vorherigen geschützt im Blatt – wird auch wieder farbig sein. Luft lädt dann ein, in ihm zu sein. Es wurde kein Rosenbeet verschenkt, kein Platz am Tisch verkauft, geteilt wurde nicht und doch soll es enger werden, dann sein – als im Jahr zuvor. Nicht Platz weniger wird es werden und doch soll einer zu wenig sein.

Als sich Regen auf die Wolke im kleinen Teich des Gartens fallen lässt, bewegt sich nichts. Das Wasser aus den Wolken, das sich in Tropfen auf die eine legt, liegt auf Eis. Ins Wasser gefallen sind die Tröpfchen nicht, und sie sterben nicht den Kältetod. Die Wolke, die bei Licht im Eis zu sehen ist, schützt sie vor Unterkühlung. So kullern sie über die Glätte und werden eilends in der Luft verweht.

Immer im Sommer schwimmt eine gelbe Rose im Teich. Immer wenn der große helle Hund kommt, geht er zum Teich, kniet nieder, trinkt und riecht und verstummt. Zur Rose will er nochmal gehen, sie ist es, die ihn angezogen hat. Obwohl sein linkes Bein hinten und das rechte vorne schmerzen, bellt er eines Tages, nimmt an diesem Tage Anlauf, stützt sich auf der Wiese ab, setzt an und überspringt den Teich. Eigentlich kann er es nicht nochmal, doch er dreht, rennt 'ne Kurve und springt. Wieder über den Teich. Da ruft's von unten: Helga, ich habe deinen Bauch geseh'n.

Kornblumen von gegenüber sehen und hören es und sogleich schallt es laut: Hallo, Helga, kannst Du treu sein?

– Und Ihr? –

Die Blumen rufen übermütig: He Du. Wir sind doch blau.

Sich hüten wollte sie. Und nicht gesehen werden sollten Perlen im Gesicht. Das wussten Zaudern und Hadern, sie hatten das Gesicht gesehen.

Schon Monate zuvor waren sie sich begegnet. Als sie sich gegenüber standen, wurde ein bisschen am Halstuch gezupft und ein wenig am Knopf vom Rock gedreht, und da sie sich leiden konnten, gingen sie zusammen und schließlich versprachen sie sich.

Gemeinsam hielten sie sich den Winter über warm. Dann wurde allen wärmer, und wieder gab es den Versuch zum allerletztenmal.

Stimmen sagten es: Die eine war 'ne Gängerin, die zweite auch. Die eine und die andre standen immerzu am Anfang von Vollendung, und beide gingen immer wieder mit Stoffen lang an Grenzen. In der Betrachtung der einen, gewünscht von der anderen, sollten sich deswegen und diesmal keine Sprüche wider die Sache – und auch nicht wieder Sprüche finden lassen.

Auf einmal nehmen Ringe, wie von Rauch geblasen, Gedanken mit in die Luft. Im Moment sah es nicht nach Regen aus und sie, die Ringe, die gerade noch gesehen worden waren, hatten – sie waren ja aus Rauch – sich bald mit Luft gebunden.

Auch Kathi, die um Animas Geheimnis weiß, und sich's getraut zu sagen, sie fliegt mit. Eine halbe Strecke, dann wendet sie nicht sich ab, nur Richtung Südsüdwest geht ihr Flug – ans Meer. Im Moment, als das Päckchen gleitet – hinein in die Stadt der Träume. Hinein in diese Stadt, wo Paul Celan's Liebe lang sich wehrte und nicht erwidert werden kann. Das wähnt Kathi – als sie kurz danach, weit weg von der Seine, biographisch über beider Männer Lust, Sucht, Frust und Sehnen liest.

Verblüfft war im Frühjahr drauf das Gänse-blümchen über einen Knick. Stumm vor Stau-nen ließ es sich dann pressen und geklebt nahm es einen Weg. Wie die kleine Feder vom Vogel, so legt sich auch das Gänseblümchen auf dem Blatt erst neben den Tisch und dann auf ihn und neben sie. Beide sehen sich um.

Dort, neben ihnen liegt noch immer der Zettel, auf dem zu lesen ist: ist Befragung zuge-lassen dazu: was nach dem Flug geschah und da-zu: wie es kam, dass sie sich wieder einmal hof-fend sah? Sie verstehen nicht, weil sie nicht wis-sen, dass sie im Sommer zusammen im Raum mit Freundin Klara war, mit dem Mann vom RadioSenderZwei, mit vielen anderen und auch mit ihr, der Frau vom Film. Dass dort Genüsse groß und wenig Skepsis war, auch als sich mi-nutenlang ein Tuch auf die Gefühle der Filmfrau legt, die heller sein wollten als sie konnten; als Kathi das Kärtchen aus der Tasche zog, es beschrieb, es zwischen Daumen und Finger steckte, es wieder einsteckte, dann die Hand nervös – immer griffbereit zum Holen und zum

Fallenlassen – auf ihren Beinen lag.

Schließlich zog Klara an der Ecke vom Kärtchen, es wechselt die Hand. Beider Blicke starten, ehe Klara sich in Szene setzt. Ihre Ansicht, ist 'ne andre, doch nah sind sich auch diesmal wieder beider Sicht. Es fest im Griff, eilt Kathi's Freundin mit kleinen Sprüngen vorwärts zur Filmfrau. Wie von Luft getragen wirbeln Gedanken, Worte, Sätze und fallen nicht zu Boden.

Das war noch, bevor das Getrocknete der Familie Gänschen keine Ahnung hatte, dass es sich gepresst auch sehen kann – in weiß und gelb. Die Feder sah's zuerst und weiß, dass sie so bleibt.

Mitte des Monats ziehen und schlagen sich Kreise außerhalb vom Kopf. Hin zum Netz, das früh im Nebel glitzert, wo Zaudern zaghaft Ausschau hält. Von ihm wird sie von ihr gegrüßt, die gelbe Rose, die Helga liebt.

Leidenschaftlich will Hadern Zeit verbringen, schaut bei der Linde nach und wundert sich, dass sie nicht vorm Elternhaus gestanden war und kann sehen, noch steht sie da. Es ist ein Fliederbaum in weiß. Und rechts von ihm hat der in violett geblüht. Die Sehnsucht nach dem Fliederbaum ist da, nach diesem Baum, den sie nicht finden kann.

Auch Christa Wolfs Medea sehnt sich und fragt die Mutter: Hast du gewußt, Mutter, dass man sich sehnen kann – nach einem Baum – ich war ein Kind.

So ordnen Erinnerungen an schwülen Nachmittagen diese Zeit und haben sich längst daran gewöhnt zu glauben, es entstünde was. Etwas, das sich spüren lässt. Die Form des Denkens macht das Leben nicht leicht, die des Sagens beschwert und die Form des Fühlens drückt.

Von Gewicht sind sie und kaum bewegen lassen sich bleierne Zeiten. Nächtens spielt der Wunsch nach Freiheit mit dem Glück. Er flattert dahin, wo Kraft sich aus der Ruhe schöpft.

Angesichts von Anlässen hat Aufregung Angewohnheiten, Einstellungen zu überdenken. Dabei wird erwogen – zurechtgelegt – dem Leben zur Verfügung zu stehen und so sich ihm zu stellen.

Es ist ein Blatt, ein grünes, das vormals vor'm Mund, jetzt von dort genommen ist, und das nun in Gedanken versunken, auf der Lippe liegt.

So wie helle Körnchen dicht an dicht gedrängt sinnieren, sie seien Sand – auch so könnten, von allen Seiten betrachtet – die Lippen unter dem Blatt das Kind beim Namen nennen.

Im Haus daneben geht die Türe auf. Zu sehen ist die Treppe, eine rauf und eine runter. Eine Frau will gehen, eine kommt oder will die eine kommen und die andre geht? Zwei Frauen sehen sich bei Winkel achtzig.

Beim Gehen biegt ein Arm nach hinten, während die Hand sich streckt. Verlegen scharrt der Fuß ein Wort zum Absatz hin, wo ein Hallo vor der Treppe aufgenommen wird, die es fallen und dann rollen lässt. Die Hand bleibt leer und offen steht der Mund der andren Frau. Unter der Verräterinnendecke sieht die eine sie mit andren sitzen und dort kämmen sie sich gegenseitig Haare und flechten dünne Zöpfe.

Obwohl und deswegen, weil wir von Sternen eingerahmt sind, flüchten wir aus der Welt, sagt Else Lasker-Schüler, die so gern schon auf Erden Gottes Hand anfassen möchte. Auch den Mond möchte sie an seinem Finger seh'n, das wäre schön. Allerlanden sucht sie eine Stadt, die einen Engel vor der Pforte hat. Dort spielen auf dem blauen Klavier vier Sternenhände. Und die Mondfrau singt.

Mögen Sie es, draußen vor der Tür, die Nähe zur eignen Wohnung zu empfinden. Entspannt vertreten sich Füße nach Sehnsucht. Sie ist für alle da – alle wollen sie.

Gerade jetzt drängt sich wie Dauerhagelkörner ein Lärm durch Wände und Decken. Das ist des Vogels Schrei von Null auf drei. Er flötet und zwitschert nicht, weder piepst noch piept er. Auf den nächsten Blick wird klar, dass, als er Kind war, hingen sie ihm, über ihn, eine weiße Pfeife. Wie damals schon, so ist er noch alle Tage nervös beim Anflug. Stößt immer und immer wieder schreiend auf sie, die weiße Pfeife, zu. Feuer entfachen und sie zum Qualmen bringen, das wär' sein Glück.

Morgens um acht sind Pfeifentöne zu hören. Empfindungen blähen gelblichschwarz Gefieder. Und mit der Not fliegt die Tugend Amok hinein ins Reich Pepita. Augen blinken. Bei gestrecktem Hals und steiler Falte verlängert sich's Gesicht und leicht krümmt er sich, der Zeh. Beharrlich drängt es ihn zum Ziel. Dabei springen Seufzer hin, mal perlen sie als Kette.

Beeindruckt vom Geschehen beben Saiten. Dass dem Seufzer Wissen fehlt, dass man Instrumente erst beim Spielen lernt, verschweigen sie.

Pünktlich soll es geschehen. Um kurz vor acht Uhr dreißig tobt und rast es. Doch nicht vor Lust. Traumesland ist abgebrannt. Er hat es vermeldet, er, der Sender Miller, denn so wird verkündet: nicht die Pfeife ist's, die tönt – es ist des Vogels Triller.

Schrill wird der Ruf, schallend sind die Töne, die sich durch Wände, Decken, Türen 'ne Etage höher gellend Ohren schnappen, während sie atemlos auf die Luft geschleudert werden. Weltende hallt's Geschrei, Dachziegel stürzen ab und geh'n entzwei.

Keine Lust ohne Frust, ruft der Vögel Frau. Geschrei muss sein. Das Spielzeug bleibt bei mir, hier.

Auch im Vogelleben wimmelt es, wie in jedem, von verpassten Chancen. Im Käfig achtzehn Stunden. Vier Stunden Flug an der linken schmalen und der rechten längeren Wand entlang, hinauf auf den Schrank, auf die Lehne vom Stuhl, die duften nach dickem und nach dünnem Ast. Ein Häufchen fällt, eines ist schon da.

Zwilling bin ich, ruft Drolli vorm Spiegelchen – wo bist Du, Molly? Deinen Moritz, Mäxchen, ruft das andre Vögelchen, siehst Du ihn? Habt doch keine Angst, rufen sie wie aus einem Schnabel, bleibt bei uns, bleibt bitte hier, wir können euch nicht fressen, wir sind doch viel zu klein dafür.

Der Vogel, der's nicht kann, muss lachen.

Gelegenheiten sind versäumt, das spürten sie schon vorher und jetzt wieder. Auch, als sie beide im März andre Vögel fliegen sehen. Von der Birke zur nächsten, zur Kiefer, zur Krone der Tanne vorm Haus, und sie hören sie singen morgens um fünf und spät um halb sieben, und beide sehen und verstehen: sieh da – die sprechen von Liebe.

Am Fenster aus Glas, hinter glänzenden Stäben, sie meinen manchmal, sie seien nicht aus Gold, stehen sie neben dem Pfeifchen und blinkenden Spiegelchen und klagen der Meise, dem Fink und dem Kehlchen: Ihr habt Recht, wir sind Sittiche und wir sind sehr traurig und es ist so schlimm, dass ihr denkt, wir hätten keine Flügel, sondern Fittiche.

Wie Rilkes Panther, so ist auch ihnen, als ob es tausend Stäbe gäbe und hinter tausend Stäben keine Welt. Ihr Hüpfen hin und her und rauf und runter und der kleine Flug ist so kurz, „dass sich das Leben im allerkleinsten Kreise dreht ... in dem betäubt ein großer Wille steht".

Vor der Scheibe stoppt Macht den Drang. Er ist entfernt der Vogel, der die Welt durchs Fenster sieht. Dort liegt alle „Hoffnung auf Licht, auf den Sonnenuntergang, den Horizont", dort liegen „Sehnsüchte und Wünsche". Milena Jesenska sieht ihn, den Menschen, den Gefangenen, der sich hinter ihm, dem Fenster, „ein Stück begrenzter, selbständiger Sehnsucht nach dem, was er sieht", bewahrt. Wie der Mensch, so ähnlich das Tier.

Wünsche bleiben wach, das Blau und die Wolken des Himmels nicht nur eingeteilt, längs gestreift und schräg seitwärts zu sehen. Es wird davon geträumt, unter ihm zu sitzen, dort zu fliegen, zu liegen, zu stehen, und auch den Regenbogen würden sie so gerne mal von unten sehen. Keine Zimmertemperatur muss gemessen werden. Dann könnte Leben Atem spüren, auch wenn Regen darauf fällt.

Wie sie, die glücklich Entflogenen, die entkommen sind, als sie den Ausnahmezustand des geöffneten Fensters nutzten, so möchten die, jetzt vermeintlich vier, hier, auch mit Schwestern, Brüdern, Kindern und Verwandten beim Vater Rhein Mutter Natur genießen. Unter 'Reise und Erholung' ist es berichtet, dass sie sich dort finden. Auf Bäumen, im Gebüsch, wo es riecht nach Wachstum, nach Blatt, nach Nadel und nach Wald. Dass es so ist, steht da und dass es sein kann. Hingegen haben sich gewöhnen müssen, Bewohnerinnen und Bewohner des

Käfigs, die Käfigkinder, dass andere für sich und für sie handeln. Beim Leben im krassen Gegensatz. Hier nützt Gehorsam.

Das eröffnet unerfreuliche Aussichten für die Frau vom Stock darüber. Besorgt muss sie sein, als sich mittwochs, bei Vogelgeschrei von unten durchs Gemäuer, wie in Panik, der Drang nach Heftigkeit durch Druck bei ihr entlädt. Kurz drauf nehmen Menschen Platz. Dem gegenüber, auf den die Frau sich vor Erschöpfung fallen lässt, und grimmig wird ihr angeraten, solchermaßen Ausmaß sein zu lassen.

Zu weit sei sie gegangen, sagt die Frau von nebenan. Obwohl, gehört hat sie's schon lang. Jetzt hört sie zu und denkt daran. Dann stoppt sie sich. Hinsichtlich der zentralen Frage verschlägt es ihnen allerdings die Sprache. Dabei ist nicht gesagt, dass die Sprachlosigkeit gefallen kann.

Tags drauf lässt der Vögel Frau 'nen Rüpel schreiben, einen Dürstenden, der die Mandantschaft glücklich macht. Beiseite legt sich Redlichkeit, während auf der Seite drüben der Mensch beleidigt wird. Watschend wird eins und dann das nächste Blatt gefüllt.

Manchmal ist es leichter, Lasten huckepack zu tragen als sie auf die Schultern zu laden. Und sich ihrer von dort aus zu entledigen, nach unten, auf die Erde, in die Tiefe. Wohlüberlegt muss es sein, ob und wann danach wieder geatmet werden kann und sicher ist, aufgeatmet werden könnte doch nur bei fliegender Bewölkung. Denn Fristen verstreichen zwar, aber sie sind noch lange nicht untergegangen, auch wenn sie grundlos sind.

Lichtblicke bleiben so.

Zwei Hügel werden bestiegen und verlassen. Wobei einer unterm Berg lag und der andere überm Tal stand. Dabei geht einer Frau der Absatz verloren. Deshalb wird sie unsicher und setzt den Gang leicht humpelnd fort. An der Post vorbei führt der Weg zum Fluss. Im weißen Couvert liegt ein gefalteter Brief auf dem Fingerhandschuh im Beutel, den sie trägt, auf dem steht 'Hallo Halt'.

Es ist Mai und es ist dunkel, als zwei schwarze Punkte auf Rot in der Mitte vom Halm übernachten. Neben ihm und dem Halm stehen viele weitere, auch in Grün. 'Rasen macht krank', steht in der Zeitung, die der Junikäfer nicht gelesen hat. Zwischen ihm und dem Gras laufen, wenn es hell wird, vierundsiebzig

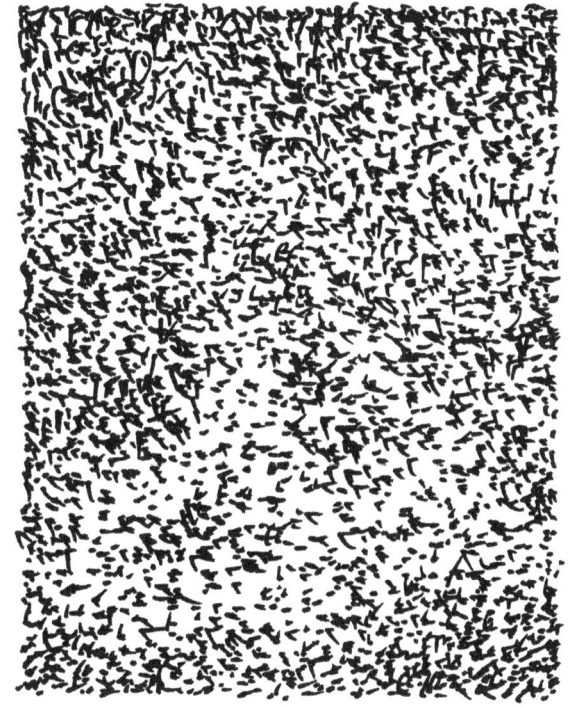

Ameisen – gesund, erdbraun und klein von Art.

Unterhalb des Hügels sehen sie sich wieder, die Frau und das Paar, das schon eineinhalb Tage unterwegs, aus dem Tal zum Hügel, war. Jetzt sind sie wieder am Ort, da, wo die Sonne schien, als es vor Stunden bergan ging. Gemeinsam gehen sie zu dritt in der rasch einfallenden Dämmerung am Wald entlang, auf dem Weg, der ins Gasthaus führt.

Sie gehen immer noch zusammen, Hadern und Zaudern. Beide haben ein hellviolettes Käppchen schräg auf dem Kopf, ihnen ist ein wenig kühl. Frühmorgens haben sie Arm in Arm am Wegesrand gesessen, zum Erstaunen sind sie nicht, wie vermutet, entzweit. Gerade haben sie besprochen, dass es nicht zwingend ist, dass sich jemand über sie Gedanken macht. Während sechs Hände sich zum Abschied drücken, die Frau mit hellen Haaren sich umarmen lässt, geht Zeit vorbei. Sie dreht sich um.

Dann geht die Frau ins 'Areal der Ruhe', Nummer einundzwanzig. Dort wird sie erwartet. Sie läuft langsam, so wie man flieht, wenn man träumt.

Vor ihr schloss dort jemand die Tür hinter sich, so wie Menschen es tun, die auch an andere denken. Hier, in diesem Haus, wird es nicht

Nacht bei Tag. In richtiger Nacht war sie an dem Haus vorbeigelaufen, war stehen geblieben, hatte sich halb gewendet, gesucht, sich dann zur Zahl gebeugt, sich umgedreht, war einige Schritte zurückgelaufen und war in Nummer einundzwanzig durch die hellbraune, dann durch die Tür aus Glas ins Haus gegangen. Um diese Zeit ging niemand vor ihr hinein.

Im Moment steht eine Frau mit rotem Haar in der Nähe des Eingangs. Sie schaut durchs Fenster und sieht bei Licht, dass sie schreibt. Dass es das ist, das weiß sie nicht.

Kurz nachdem sie mit einem Schluck das Glas leert, stellen sich Ideen ein. Einfälle melden sich und Erinnerungen bewegen den Kreis, dann nehmen sie den kurzen Weg, biegen um die Ecke und kehren zurück.

Zwei Blicke haben gelächelt. Sie erzählt ihr, dass man Narzissen beim Wachsen zusehen kann. Und die blauen Veilchen von früher seien auch heute noch scheu. Das hat sie gelesen. Auch darüber wird gesprochen, dass so oft von Mädchenhand im Poesiealbum warnend auf Weiß geschrieben stand: Hab acht. Sei wie das Veilchen im Moose, bescheiden, sittsam und fein und nicht wie die stolze Rose, die immer bewundert will sein. Dein Herz bleib rein, deine Größe klein. Nicht nehmen sollst du, sondern gewähre sie: die Lust auf Ruhm. Mach dein Bett im Moos.

Mädchen rufen: Achtung.

Der Appell zur Demut von Seite rechts verweht sofort. Denn trotz Mahnung rechts, wird von gleicher Hand, mittig auf die Seite links ein buntes Bild aus Lack geklebt. Unumstritten strahlt dort nicht das Veilchen mit der Empfehlung, klein und rein zu sein – sondern prachtvoll leuchtet und funkelt die Rose im Glanz.

Mädchen, was ist los, meldet sich das Veilchen – die Pupille gelb, das zarte Auge violett. Dreh dich zur Seite, wende dich uns zu. Atme unsren Duft bei sinkender Sonne. Wir lieben sie, verbringe sie doch gelegentlich mit uns, die blaue Stunde im Dämmerschein.

Wir sind nicht verunsichert, wir kennen unsern Stand, wissen um den Reichtum unsrer 'Blume', die sich verbreitet im Überfluss. Energie spezial, ein Geschenk vom grünen Klee gleich nebenan, pulsiert in unsrem Stiel. Über dem Boden ist unser Zuhause, hier sind wir daheim.

Kennst du das blauviolett gelegte Ei vom

Osterhasen?

Immer im Frühjahr, bevor er ausschwärmt, kommt er erst bei uns vorbei. Sein Begehren ist die Veilchenfarbe. Erwartungsvoll wird auch dieses Jahr die Begegnung sein. Nach allem, was wir von ihm wissen, wird er zuerst den scharf gezackten Farn begrüßen. Müde von der weiten Reise, tauschen sie sich dennoch länger aus, ehe er sich unter ihn, ins wenig feuchte Moos zur Ruhe legt.

Wir Veilchen heißen ihn alsbald als Gast willkommen. Es ist windstill, wenn er eintritt. Wenn er vor uns steht, beginnt das Ritual. Alle Blau-Violetten öffnen die Blüten, die Knospen bleiben zu. Sind Ansprüche zu hoch, erfüllen wir sie nicht.

Genügsam will jetzt niemand sein.

Flink hüpft und tanzt er um die Trommel, die übers Jahr im Busch vergraben war. Mit Stöckchen aus Holz wird zur Melodie der Takt geschlagen:

Vom Himmel hoch, da komm ich nicht her,
Still sind die Nächte jetzt auch nicht mehr.
Drum ist der Mädchen und der Jungen Stimmung hell,
Sie möchten zu dieser Jahreszeit ein Osterei grün grell,

Auch wollen sie im April weder Marzipan-
noch Zuckerbrot,
Stattdessen warten sie auf die Eier in Zinno-
berrot,
Es wünschen sich viele Ostereier in Veilchen-
blau,
Die fünf türkisfarbenen Kinder der Meerjung-
frau.
Die Sonne spaziert gerade den Weg entlang,
als die Blumen antworten, als der Veilchenblü-
ten Singsang sich ihr auf die Strahlen legt:
Jubel, Jubel, genießen wir die Heiterkeit,
Auch dieses Jahr schenken wir Euch,
Der braunen Häsin und dir,
Zwei Eimerchen unsrer Farbe – gern dafür.
Auf Wiedersehen und viel Spaß,
Beim Verstecken der Eier im Nest aus Moos
und Gras.
Neugierig wartet schon der Veilchen Nachba-
rin, der Löwenzahn, auf den Bericht des wun-
dersamen Stelldicheins. Zuvor sehen sie auch
dieses Jahr wieder zu, beim heimlichen Kampf
um die Hasengunst.
Ebenso wie Veilchen, liebt der gelbe Löwen-
zahn das Miteinander. Auch ihnen macht es
Freude, im Glück zu steh'n. Besonders dem Jungen ist es wichtig, die Schirmchen, dann wenn

die Zeit gekommen ist, zahlreich auf und ab im Flug zu seh'n.

Monate später, dann, wenn die Veilchen beginnen zu verblühen, wenn sie – noch bevor es Sommer wird – Abschied nehmen müssen, wenn ihre Oberfläche dünner wird, wenn ihrer aller Bereitschaft kommt, sich gehenzulassen, dann geben diese Verhältnisse Anlass zum Gesang. Noch ein wenig trunken vom Schlaf und schon ein bisschen gebeugt, versuchen sie sich eines Morgens umzuschauen.

Nachdem der Zeiger der Uhr die zwölf getroffen hat, spüren sie bereits die Leere des Abends. Vernehmbar wird alsbald vom Gewesenen im Chor gesungen und davon, dass die Erde so warm, dass sie das Blaue Auge ist, dass sie als solches im Weltall Achtung finde. Atmen fällt jetzt schwer, und es fällt auf, dass, wer bei der Beanspruchung husten muss, das nicht heimlich tut.

Gestern hörten sie ihm noch zu, wie jedes Jahr im Monat Mai an einem Nachmittag – dem Rat der Gelben: Wir müssen genau schauen, geben diese zu bedenken. Denn, selbst wenn das Huhn mäh macht, dann, wenn der Gärtner uns mäht, ist es noch kein Schaf.

Schon schön finden sie die Belehrung.

Indes, sagen die Veilchen noch, auch wir sind in Sorge. Mädchen, sagt uns: kommt sie denn, die runde Erde, mit einem blauen Auge davon?

Mitten im Sommer hält die stolze Rose, einst geklebt, jetzt fern des Albums, Ausschau. Entgegen der Annahme, ein Zweig versperre die Sicht, lehnt sie sich zuunterst an der Leiste an. Weiter hoch biegt sie die Knospe hin zum Jasmin und gleich daneben ist ihr Platz. Dort reckt sie sich leuchtend über den Zaun.

Heute geht eine Frau auf halbhohen Absätzen, in roten Schuhen, an der Hecke entlang. Weil sie es summen hört, über den in hell- und dunkelgrün gestrichenen Zaun hinüber, zögert sie, dann unterbricht sie ihren Gang. Erst klingt es leis und heiter, dann wird es laut und munter, das fröhliche Lied von ihr, der Königin am Tag.

Wolkenlos ist der Himmel und er bleibt auch so, als Frauen den Veilchen von Rosen erzählen. Von Düften, von Seele und von der Würze.

Doch auch die Rede ist von vierundvierzig Läusen, die viel Kraft nehmen, weil sie so hungrig sind, und von den fünf Tropfen Blut, die vom Dorn verursacht, erst auf dem Blatt zuoberst lagen. Von dort sind sie am Stamm heruntergelaufen und dann auf die Erde gefallen. Von den

Maiglöckchen ist keines gefärbt, sie bleiben schneeigweiß. Mit der Zeit wächst der Mut, erzählen sie, sich zu vertrauen.

Nach einer Stunde wissen sie es voneinander: die Frauen und die Rosen: Hoch hinaus wollen sie, hinauf ans Licht. Sorgsam soll erst einmal unterhalb des Gipfels ein Bild entworfen werden, bevor sie sich in Szene setzen. Mit gestärktem Rücken nicken sie sich zu und in kurzen Pausen atmen sie die Hitze ein.

Übermütig zwinkert nachmittags die Blüte. Es scheint, ihr wird zu warm. Später, als das Licht gehen will, bangt die Rose um die Kostbarkeit des Tages. Eingehüllt in Wehmut, befreit sie sich sogleich und forsch singt sie hinein in die Stille:

Helloh, lass auch du den Kopf nicht hängen.

Nenn dich – bekenn dich. Geh' nicht zu weit,

Kann ich – sag wann kann ich dich wiedersehn?

Lass uns feiern dann – lass uns feiern, dann und wann.

Helloh again – wann gibt es ein Wiedersehn?

So ein Zufall, sagt der Hase zum Fuchs, gibt ihm die Hand und verschwindet im Wald. Am Baum gelehnt, trifft er auf Zaudern. Hast du das gehört?

Nach zwölf Stunden Nacht und dreizehn Stunden Tag findet sich die Brille im Sand. Während gesucht wird, konnte sie wenig sehen. Den Wirt hatte sie gebeten, am Tischplatz; die Freundin im Auto; die Frauen unterm Tresen, nachzusehen. Mehrmals schaut sie den Weg lang selbst.

Von niemandem kann währenddessen gewusst werden, dass Regen, der des Nachts, wenn er heftig kommt, hundert Körnchen vom spanischen Sand überm Boden hinweg über Kiesel schwemmt, dass er damit kleine Mulden füllt, und dass diese sich um verlorene Brillen setzen. Nass liegen sie dann tags drauf dicht bei dicht und Regentropfen verweilen mit ihnen auf Brillenglas.

Sich finden zu lassen, diese Voraussetzung ist gegeben. Der Vorbehalt ist der, dass diese Plattform allerdings auch den Behalt an Ort und Stelle ermöglicht. Auf Verlust sind Verlierende vorbereitet. Genauso fühlt sie. Dennoch lieben sie den Fund. In der vierzehnten Stunde hat sie im Augenblick des Staunens gesehen – ohne es zu begreifen – dass sie es ist, die sie sieht. Ihr Blick war auf ein – von Bedingungen zutage gefördertes – surreales Kunstwerk gefallen. In nassen körnigen Sand gebettete beschlagene Gläser entdeckt sie auf dem großen Platz vorm Haus. Genau am Ort, dort, wo sie nachts das Auto der Freundin verlassen hat.

Beim Fahren auf dem Rad, zu dem die Finderin eilt, geht ihr ein Licht auf. Ihr dämmert, dass der Brille Stärke darin besteht, dass diese sich hat finden lassen.

Ein Gedanke beschäftigt sie länger: ob jene Brille nun wertvoller ist, weil sie verloren war?

Fragen wir den Freund.

Beim Untergang der Sonne sieht er sich im Sand, scharren mit der Hand. Dann mit beiden. Zu dieser Zeit ist er karibisch. Betreten darf ihn jetzt niemand. Sich der Sorge um zusammenfallende Hoffnung zu verweigern, wird geübt.

Allseits ist der grüne Helikopter des Insel-Chefs bekannt, der eben, kurz vor der Landung, über sie fliegt. Mit an Bord ist ein Gast. Beide Oberhäupter, auch das russische, sehen von oben. Zum Beispiel den Suchenden. Der am Strand in gezogenen Linien zum Gitter auf circa zwei mal zwei Meter, sich bückt. Im Viereck-teppich wird mit dem Stöckchen der Sand Abschnitt für Abschnitt gewirbelt.

Dann. Der Freund greift in der Mitte des

äußersten Quadrates zu. Und läuft unter Applaus mit ihr auf sie zu.

Von oben ist das zu sehen: dass aller Augen auf die zwei gerichtet sind. Und das ist zu vermuten: dass Stimmung in der Luft liegt.

Auf derselben Seite, wo jetzt wieder das Mittelmeer in die Wellen greift, packt es sich die Flut und wirft sie auf den Sand. In Abdrücken von Füßen bleibt das Wasser vorübergehend stehen.

Sie wollen übers Meer, Barbara, Verena und Ruth. Verwegen ist der Plan, der sie ins 'Viertel' führen soll. Für Katzen wär's doch nur ein Sprung, beraten sie kokett. Amüsiert nehmen sie dann Maß, dann halten sie Schritt und als sie lachen, springt das Salz vor Freude auf der Haut.

Und während eine Blüte der Glockenblume sich auf die Mähne fallen lässt, hält sie die Muschel in der Hand. Funken glänzen im Nebel, und neben der zweiten Muschel liegt ein kleiner Stein. Im Sand ist ihr Zuhause, doch auf die Bühne möchten sie getragen werden. Dort könnten sie sich kostümieren. Ins Auge fassen könnten sie das Spiel: unsichtbar wollen wir nicht sein. In Wolken gehüllt würden sich

Wünsche vertiefen, die im Schleier Klänge zur Mitte hin spüren lassen.

Schließlich laufen Gedanken vor sich fort, dann wollen sie mit Worten 'fang mich' spielen. Danach sitzen sie im Kreis, schauen sich an und scheinen zu verstehen. Jetzt sehen sie sich um und bemerken, dass pünktlich wie immer, der Goldfisch mit seinem Freund Falter vorbeikommt. Auch ihnen wenden sie sich zu. Mühsam sei's am Tag zuvor gewesen, sich einzuholen. So wird getuschelt. Das verraten sie.

Denn hinauf zum Himmel waren mehrere Gedanken Worten gefolgt. Und sie hatten es hören können, als der Mond zur Sonne sprach:

Du Schöne, Warme – lach mit mir.

Die Autorin

Renate Höfer, Dr. phil., geb. 1941.
Psychotherapeutin und Autorin. Studierte Pädagogik
und Psychologie in Frankfurt am Main.
Von 1976 bis 1982 Lehrbeauftragte an der Universität
Bremen und an der Fachhochschule für Sozialpäda-
gogik und Sozialarbeit in Bremen. Von 1982 bis 1986
Lehrbeauftragte für Klinische Psychologie an der
Universität Oldenburg.
Seit 1976 Praxis für Psychotherapie und Supervision in
Bremen.

Veröffentlichungen u.a.:
Die Psychoanalytikerin – Sabina Spielrein
Christel Göttert Verlag, Rüsselsheim 2000

Die Hiobsbotschaft C.G. Jungs –
Folgen sexuellen Mißbrauchs, 1993
Neuauflage Kaskade Verlag, 1997

„Sabina Spielrein", in: Wahnsinnsfrauen
Suhrkamp Verlag, Frankfurt/M., 1996/1997

„Feministische Therapie", in: Die 50 wichtigsten Methoden
Kreuz Verlag, Stuttgart 1986/1995

Renate Höfer

DIE PSYCHOANALYTIKERIN
SABINA SPIELREIN

„Ich war auch einmal ein Mensch. Ich hieß Sabina Spielrein." Als neunzehnjährige Psychiatrie-Patientin legt die um ihre Würde ringende junge Frau ihr Vermächtnis im Schreiben „Mein letzter Wille" fest.

In einer leidenschaftlichen Liebesbeziehung mit ihrem Arzt und Lehrer C. G. Jung werden Sabina Spielreins Hoffnungen auf private und berufliche Erfüllung zunichte gemacht. Sie ist verstrickt in Sehnsucht und Verzicht und in Fragen von Werden und Tod. Diese Themen werden ihr, der inzwischen promovierten Ärztin der Psychiatrie, zu Grundlagen ihrer wissenschaftlichen Arbeit.

Weder von Freud noch von Jung werden ihre Leistungen in der Tiefenpsychologie jemals hinreichend öffentlich anerkannt, wohl aber benutzt.

Die Autorin zeigt die Lebensgeschichte dieser ungewöhnlichen Frau im Lichte ihres unbändigen Selbstbehauptungswillens. Erstmals bringt sie Sabina Spielreins besondere Leistungen als Forscherin zur Geltung.

Christel Göttert Verlag, Rüsselsheim 2000,
ISBN 3-922499-41-4, 252 Seiten

Pressestimmen

ANDREA SCHWEERS / VIRGINIA:
> „Mit der von R. Höfer entwickelten Methode, der ‚analytischen Biografieforschung', werden an den ‚Text des Lebens' neue, andere Fragen gestellt. Wobei Erkenntnisse über ‚Motive' vorgelegt werden, die zuvor noch von niemanden gewonnen wurden."

HELGA PONKRATZ / FRAUENKULTUR MAGAZIN WIEN:
> „Ein Nachdenkwerk. Die Nachvollziehbarkeit der Gedanken ist für Leserinnen eine Wohltat."

MARIANNE KRÜLL / PSYCHOLOGIE-HEUTE:
> „Geradezu sensationelle Einsichten"

Renate Höfer

DIE HIOBSBOTSCHAFT C.G. JUNGS
FOLGEN SEXUELLEN MISSBRAUCHS

Als Kind wurde Carl Gustav Jung selbst Opfer einer sexuellen Ge-
walttat. Er entwickelte auf seinem Leidensweg ein psychologisches
Erklärungssystem, das die Geheimhaltung dieses „Geheimnisses"
fördert.
Jungs nie überwundenes Kindheitstrauma ist ihm zum Antrieb tie-
fenpsychologischer Ideen, Idealen und zum Vorbild besonderer Figuren seiner Theoriebildung geworden. Er rettet sich aus den Ge-
fühlswirren der Beziehung zu seiner Patientin, Schülerin und Ge-
liebten Sabina Spielrein und nutzte ihre spezifischen Eigenschaf-
ten, indem er diese in das bis heute wirksame Anima-Modell des
Archetypen-Systems bannte.

Kaskade Verlag, 2. Auflage 1997, 423 Seiten, ISBN 3-932477-00-6
Über den Buchhandel oder: Tel./Fax 0421/24351-53, -52
EUR 15,50 / SFr 27,50

Pressestimmen
SÜDDEUTSCHE ZEITUNG / SPUREN:
   „Ein Geniestreich . . . Wie konnte das bisher alles übersehen
   werden"

TAZ / VIRGINIA:
   „Spannend und aufwühlend"

PSYCHOLOGIE-HEUTE:
   „Behutsam, einfühlend und spannend"

DGVT (Zeitschrift für Verhaltenstherapie):
   „Die Vermittlung einer neuen Art der Begegnung von Selbst
   und Welt"

GwG (Zeitschrift für Gesprächspsychotherapie):
   „Ein großer Wurf"

RUNDFUNK: Radio Bremen/Hessischer Rundfunk/Südwest-Funk